Andrea Pabel
wuchs im Chiemgau in Bayern auf. Schon als Kind lernte sie reiten, auf der kleinen Islandstute Freica, über die später ein Kinderbuch entstand. Andrea Pabel schrieb Kurzgeschichten und Erzählungen, Kinder- und Jugendbücher sowie Pferdesachbücher. Die Autorin ist Feldenkrais-Lehrerin und lernte in USA bei Linda Tellington-Jones die TTEAM-Methode der sanften Pferdeausbildung. Andrea Pabel lebt heute mit ihrer Familie und mehreren Tieren auf ihrer Ranch bei Taos, New Mexico, und züchtet Pferde.

Andrea Pabel

PONYHOF
KLEINES HUFEISEN

Max braucht ein Zuhause

Schneider
Buch

Die Deutsche Bibliothek – CIP-Einheitsaufnahme

Pabel, Andrea:
Ponyhof Kleines Hufeisen / Andrea Pabel. – München : F. Schneider.

Bd. 2. Max braucht ein Zuhause. – 1994
ISBN 3-505-08084-5

Hrsg. Helga Wegener-Olbricht

Dieses Buch wurde auf chlorfreies,
umweltfreundlich hergestelltes
Papier gedruckt. Es entspricht den
neuen Rechtschreibregeln.

Der Schneider Verlag im Internet:
http://www.schneiderbuch.de

Titelbild und Illustration: Bärbel Skarabela
Umschlaggestaltung: Adolf Bachmann
Satz: Typodata GmbH, München
Schrift: Times Ten
Druck: Clausen & Bosse, Leck
Bindung: Conzella Urban Meister, München-Dornach
ISBN 3-505-08084-9

02 / 15 14 13 12 11

Vor vielen, vielen Jahren fand eine junge Hirtin auf einer Bergweide über dem Chiemsee ein kleines Hufeisen. Es war alt und ein bisschen rostig, aber das Mädchen nahm es mit nach Hause auf den Bauernhof ihrer Eltern. Dort wurde das kleine Hufeisen über der Tür des Pferdestalls aufgehängt – natürlich mit der Öffnung nach oben, damit das Glück hereinfallen konnte.

Und das kleine Hufeisen brachte der Familie Glück. Immer neue Pferde und Ponys wurden auf dem Hof geboren, sie arbeiteten und lebten zufrieden auf den Bergweiden und in den Ställen.

Den Bauernhof aber gibt es noch heute. Er ist etwas größer und moderner geworden, aber immer noch leben dort Ponys und Pferde friedlich zusammen mit den Menschen. Und über dem Tor des Pferdestalls hängt auch heute noch ein kleines altes Hufeisen.

*D*er geheimnisvolle Schecke

Sabine lehnte am Koppelzaun. Sie war in einer halben Stunde mit ihrer Freundin Michaela zum Reiten verabredet, aber sie war absichtlich etwas früher gekommen. Sabine liebte es, den Pferden auf der Koppel zuzuschauen. Da grasten die beiden Haflinger Lauser und Sternchen, neben ihnen döste der Islandschecke Skjoni, und unter dem Birnbaum stand Sörli mit den beiden Großpferden Melissa und Gustav. An der Ostseite der Weide vertrieben sich der Schimmel Glofaxi und die hübsche Wolkenmähne die Fliegen aus dem Gesicht.

Wolkenmähne! Die erdfarbene Stute mit der silberweißen Mähne, deren Fell in der Sonne manchmal wie Gold leuchtete, war Sabines Lieblingspferd. Und nicht nur das! Seit kurzem hatte Sabine auch eine Reitbeteiligung; und sie durfte Cornelia, der Leiterin des Ponyhofs Kleines Hufeisen, bei der Ausbildung helfen. Wolkenmähne war eingeritten aus Island gekommen, aber die sensible Stute war schreckhaft und nervös. Cornelia vermutete, dass sie mit zu groben Methoden eingeritten worden war. Nun brauchte sie viel Liebe und Zuwendung, um wieder Vertrauen zu Menschen zu bekommen.

„Hallo! Sabine, warte auf mich!“ Michaela kam vom Hof her mit drei Halftern zur Koppel. Das schmale, scheue Mädchen hatte sich in den letzten Monaten sehr verändert. Wolkenmähne gehörte ihr, sie war Michaelas Pferd, und Sabine konnte sich noch gut an die Zeiten erinnern, als sie das blonde Mädchen nicht hatte leiden können. Beinahe wäre Wolkenmähne damals nach einem Reitunfall an einen skrupellosen Turnierreiter verkauft worden. Aber Sabine und Michaela hatten sich miteinander verbündet, und mit Cornelias Hilfe war es ihnen gelungen, den Verkauf der Stute zu verhindern. Dann hatten sie sich immer besser kennen gelernt, und allmählich waren sie Freundinnen geworden. Michaela war schüchtern und hatte vor Pferden Angst, aber gleichzeitig liebte sie die Tiere auch. In den letzten Monaten hatte sie viel gelernt, war im Umgang mit Wolkenmähne sicherer und geschickter geworden.

„Wir sollen Sörli mitbringen", sagte Michaela jetzt und gab Sabine ein Halfter. „Cornelia telefoniert noch!"

Die Mädchen öffneten das Tor und gingen auf die Weide. Mit erhobenen Köpfen sahen die Pferde ihnen entgegen. Glofaxi wieherte leise und ging auf Sabine zu. Wolkenmähne folgte ihm nach kurzem Zögern. Wie anders das jetzt war! Vor ein paar Monaten war die scheue Stute beim Anblick eines Menschen mit einem Halfter in die entfernteste Ecke der Koppel geflohen – jetzt schnaubte sie zufrieden, als Michaela sie begrüßte und ihr das Halfter anzog.

Sabine führte Glofaxi und den braunen Sörli, Michaela ging mit Wolkenmähne hinterher. Am Tor mussten sie Lauser, den verspielten Haflingerwallach, davon abhalten, auch mitzugehen. Sabine schloss das Tor besonders sorgfältig, denn Lauser war sehr geschickt beim Öffnen von Türen und Riegeln.

Bald darauf putzten sie die Pferde. Cornelia fuhr Sörli mit langen Bürstenstrichen über den Rücken. Sabine mochte die junge Frau mit den kurzen, dunklen Haaren sehr. Cornelia liebte ihre Pferde und versorgte sie gut. In ihrer kleinen Reitschule musste kein Pferd mehr als einige

Stunden am Tag arbeiten, den Rest der Zeit verbrachten die Tiere auf der Weide, wo sie nach Belieben ihren Unterstand aufsuchen konnten.

Sabine gurtete vorsichtig an, sie wusste, dass ein zu plötzliches Anziehen des Sattelgurtes den Pferden Schmerzen verursachte.

Cornelia stellte die Bügel auf die richtige Länge ein. „Seid ihr so weit?“, fragte sie.

Die Mädchen nickten.

Im Gelände ritt Michaela Glofaxi. Der Schimmel war ein sehr zuverlässiges Pferd, er war die Ruhe selbst und erschrak nicht einmal vor ratternden Traktoren. „Wohin geht es heute?“, fragte Michaela, als sie in den Sattel stieg.

Cornelia zögerte. „Wir könnten zur alten Mühle reiten“, erklärte sie dann.

Ein paar Kilometer führte der Weg am Moor entlang, eine Strecke, die alle gern ritten.

„Da waren wir schon lange nicht mehr.“ Sabine setzte den Fuß in den Steigbügel. Sörli stand ganz ruhig, er wusste genau, dass er erst auf Sabines Hilfen hin antreten sollte.

Cornelia ritt alle ihre Schulpferde in regelmäßigem Abstand selbst, um zu verhindern, dass sie schlechte Gewohnheiten annahmen oder gar von den Anfängern verritten wurden. Und diese Zuwendung merkte man ihren Pferden an – keines war abgestumpft oder gar hart im Maul. Cornelia sorgte auch bei ihren Reitschülern für Abwechslung. Meistens wurde in der Bahn geritten, besonders mit den Anfängern, aber für die Fortgeschrittenen gab es Ritte ins Gelände. Am Ende des Sommers hatte Cornelia einen Tagesritt mit Picknick geplant, ehe es dafür zu kalt wurde.

Die drei Reiter tölteten in flottem Tempo am Waldrand entlang. Cornelia ritt mit Wolkenmähne voraus, die temperamentvolle Stute warf ihre Beine und wollte gern schneller werden, aber Cornelia erlaubte es ihr nicht. Glofaxi und Sörli gingen nebeneinander, die beiden Mädchen genossen den weichen Rhythmus des Töltes. „Ich kann mir schon gar nicht mehr vorstellen, dass ich früher nicht reiten wollte!“, rief Michaela. Ihre Haare unter dem Reithelm wehten im Wind.

„Ich auch nicht!“, gab Sabine zurück. Inzwischen war sie mit Michaela fast so gut befreundet wie mit Katrin, ihrer allerbesten Freundin. Allerdings teilte Katrin Sabines Begeisterung für die geliebten kleinen Islandpferde nicht. Katrin mochte nach wie vor Großpferde lieber, sie sagte oft, dass sie sich auf den Ponys „komisch“ fühlte. Sabine verstand das zwar nicht, aber Katrin war eben so.

Jetzt hob Cornelia die Hand, das Zeichen für die nachfolgenden Reiter, das Tempo zu verlangsamen. Sabine parierte ihren Wallach zum Schritt durch. In einiger Entfernung sahen sie zwei Leute spazieren gehen. Cornelia ritt grundsätzlich an Spaziergängern nur im Schritt vorbei und grüßte immer freundlich. So hatte sie bisher niemals Beschwerden über ihre Reitschüler gehabt. Sie wollten gerade vorbeireiten, da sprach der Mann Cornelia an. „Hören Sie“, rief er. „Fehlt Ihnen auf dem Hof ein Pony? Wir haben da vorhin eins frei herumlaufen sehen!“

Cornelia schüttelte den Kopf. „Ich glaube nicht. Als wir losritten, waren noch alle auf der Koppel.“ Sie drehte sich zu Sabine um. „Hast du das Tor ordentlich zugemacht? Sodass es Lauser auch nicht aufmachen kann?“

„Ganz bestimmt“, versicherte Sabine. „Da ist er bestimmt nicht rausgekommen.“

„Wie sah das Pony aus?“, wollte Cornelia wissen.

„Sehr elend“, sagte die Frau mitfühlend, „ganz schrecklich mager und struppig. Es war auch viel kleiner als diese Ponys“, sie wies auf die Isländer, „und schwarzweiß gescheckt.“

Sabine sah Michaela an. Aber die Freundin schüttelte den Kopf. Sie hatten kein schwarzweiß geschecktes Pony auf dem Hof. Doch wem mochte das Pony gehören?

„Seltsam“, sagte Cornelia ernst. „Ich wusste gar nicht, dass jemand hier in der Nähe Ponys hat.“ Im nahe gelegenen Heidenbrunn gab es mehrere Haflinger und Großpferde, aber ein mageres

Pony, auf das die Beschreibung der Spaziergänger passte, hatte sie hier in der Nähe nie gesehen. „Wo war das Pony denn?“, fragte sie weiter.

„Ach, es war ein ganzes Stück weit entfernt“, der Mann deutete zum Moor hinüber, „in der Nähe der alten Mühle!“

„Dahin sind wir unterwegs!“ Cornelia bedankte sich und versprach den besorgten Spaziergängern, dass sie nach dem Pony Ausschau halten würden.

„Ich habe nie gehört, dass bei der Mühle ein Pony lebt! Dort wohnt der alte Konrad Huber!“, rief Sabine. „Und der hat nur eine Katze, die kenne ich!“

„Wir werden ja sehen“, sagte Cornelia. „Erfunden haben die Leute das Auftauchen des kleinen Schecken wohl nicht. Und wenn das Pony wirklich in so schlechtem Zustand ist, braucht es Hilfe! Also Kinder, haltet die Augen auf!“

Schweigend ritten die drei den schmalen Weg am Moor entlang. Die Sonne schien warm, aber man spürte, dass es langsam Herbst wurde. Die Blätter der Birken begannen sich gelb zu färben, und die Berge lagen so deutlich sichtbar vor ihnen und schienen so nahe zu sein, wie man es nur im Herbst sieht. Der Himmel war blau und wie blank gefegt, nur in der Ferne am Horizont segelten ein paar Wolken.

Sabines Gedanken kehrten zu dem geheimnisvollen Pony zurück. Sie blickte sich unwillkürlich suchend um. Aber außer einer baufälligen Hütte der früheren Torfstecher, niedrigen Latschen und jungen Birken mit leuchtendweißen Stämmen war nichts Besonderes zu sehen.

Nach einer Weile tauchte die alte Mühle vor ihnen auf. Sie wurde seit vielen Jahren nicht mehr bewirtschaftet und sah heruntergekommen aus. Für eine Renovierung aber hatte Konrad Huber kein Geld; der alte Mann lebte hier allein und zurückgezogen, er galt bei allen Nachbarn als schrullig und sehr abweisend. Einstmals war die Mühle mit ihren alten Kornspeichern und dem alten Mühlrad ein schönes Anwesen gewesen. Rauschend floss der Mühlbach am Haus vorbei.

Die Haustür war geschlossen, nur die große graue Katze saß auf dem Fenstersims in der Sonne und putzte sich. Von einem Pony war keine Spur zu sehen. Cornelia zügelte die braune Islandstute und sprang aus dem Sattel. Sie führte Wolkenmähne zur Tür und klopfte an. Nichts rührte sich, und auch auf erneutes Klopfen hin blieb alles still. „Er ist wohl nicht da“, meinte die junge Frau und klopfte Wolkenmähnes Hals. Ob der alte Mann vielleicht im Schuppen oder im Garten war? „Herr Huber!“, rief sie laut.

Aber wieder warteten sie vergeblich auf eine Antwort. Sabine meinte eine Bewegung an einem der Fenster zu sehen. Stand dort der alte Mann hinter den verblichenen Scheibengardinen und wollte nicht gesehen werden? Waren ihm Besucher lästig? Oder hatte Sabine einfach nur den Schatten eines Zweiges am Fenster gesehen?

„Es ist niemand da“, stellte Cornelia fest und wendete ihr Pferd.

„Sollen wir mal hinter dem Haus nachschauen?“, fragte Michaela.

Cornelia schüttelte den Kopf. „Herrn Huber ist es bestimmt nicht recht, wenn wir ohne seine Erlaubnis auf seinem Hof herumlaufen. Vielleicht kommen wir ein anderes Mal wieder und fragen ihn, ob er irgendwo ein Pony gesehen hat! Denn ich glaube nicht, dass er selbst ein Pferd hält!“

Im Wegreiten glaubte Sabine ein ganz schwaches Wiehern zu hören. Sörli spitzte die Ohren, aber er antwortete nicht. „Hast du etwas gehört?“ Sabine wandte sich an Michaela, die neben ihr ritt.

„Nein“, die Freundin schüttelte den Kopf. „Was soll ich gehört haben?“

„Ein Wiehern vielleicht? Ganz leise und schwach?“

„Ich hab nichts gehört“, wiederholte Michaela. „Da war nichts.“

Wieder zurück auf dem Ponyhof Kleines Hufeisen, sattelte Sabine nachdenklich den braunen Wallach ab. Sie liebte Tiere und vor allem Pferde über alles, und der Gedanke an ein Pony in Not ließ sie nicht los. Gab es bei der Mühle wirklich ein vernachlässigtes Pony? Eines wusste Sabine: Sie wollte es unbedingt herausfinden.

Am nächsten Tag erzählte sie Stefan davon. Der junge Mann arbeitete als Cornelias Assistent und Helfer auf dem Ponyhof. Er war eine große Hilfe bei jeder Arbeit. Stefan mochte Pferde, und er war zuverlässig. Die meisten Jungen, die Sabine von der Reitschule her kannte, wollten eigentlich nur galoppieren und Wettrennen veranstalten. Da war Stefan anders. Der große blonde Junge beschäftigte sich einfach gern mit Pferden, außerdem war er ein guter, sensibler Reiter. Er drückte sich weder vor dem Stallausmisten noch vor einer anderen schweren Arbeit. Der gutmütige braune Trakehnerwallach Gustav war sein Liebling. Stefan war an Pferde gewöhnt, sein Großvater züchtete Holsteiner auf seinem niedersächsischen Hof, dort hatte Stefan seine ganze Kindheit verbracht. Der Umzug mit seinen Eltern nach Bayern war dem jungen Mann schwer gefallen; aber allmählich war der Ponyhof Kleines Hufeisen sein zweites Zuhause.

Nachdenklich sah er jetzt Sabine an und kaute auf seiner Unterlippe. „Wenn es dieses Pony tatsächlich gibt und es wird schlecht behandelt, dann müssen wir etwas unternehmen!“, erklärte er. „Und zwar bald!“

„Stefan! Das weiß ich doch auch!“, rief Sabine ungeduldig. „Aber wie können wir das herausfinden? Konrad Huber hat kein Telefon, ich hab schon nachgeschaut! Wir müssen zur Mühle!“

„Es bleibt uns nichts anderes übrig als hinzureiten!“ Stefan sah auf die Uhr. Sabine durfte gegen ihre Mithilfe im Stall umsonst auf dem Ponyhof reiten. Er wusste, dass für heute keine Reitstunden mehr vorgesehen waren. „Ich frage Cornelia, ob wir ausnahmsweise mal allein ausreiten dürfen“, sagte er.

Nach ein paar Minuten war er wieder da: Sie sollten die beiden Haflinger nehmen, da sie heute noch nicht unter dem Sattel gewesen waren. Sabine ritt zwar die Isländer lieber, aber sie mochte auch die Haflinger sehr.

Bald hatten sie Sternchen und Lauser von der Weide geholt. Obwohl sie am liebsten gleich losgeritten wäre, putzte Sabine die Stute Sternchen sorgfältig. Besonders in der Gurten- und Sattellage durfte kein Schmutz sein. Cornelia hatte ihnen oft erklärt, dass Pferde dadurch schon bei einem kurzen Ritt wunde Stellen bekamen.

Endlich ritten sie am Moor entlang auf die alte Mühle zu. Sternchens helle Mähne wippte, die Haflingerstute griff kräftig aus. Sabine trabte nun leicht, den Trab saß sie nur in der Reitbahn aus. Hier im Gelände ging es vorwärts, und da war der englische Trab bequemer. Nach einer Weile kam die alte Mühle in Sicht. Stefan parierte Lauser durch. Die beiden Reiter sahen sich aufmerksam um. Der Mahlturm des alten Gebäudes mit dem großen Mühlrad wirkte seltsam verlassen; das ganze Anwesen machte auch heute wieder einen unbewohnten und abweisenden Eindruck. Stefan schien das ebenfalls zu empfinden. „Wohnt der alte Huber denn hier wirklich noch?“, fragte er und schaute skeptisch zu dem verwilderten Garten und den eingebrochenen Zäunen hinüber.

„Ich glaube schon“, Sabine nickte. Sie trieb Sternchen an. „Komm, wir klopfen an!“ Vor dem Haus stieg sie ab und klopfte an die Tür, aber wie schon am Tag zuvor kam keine Antwort. Ob sie sich heute nicht doch umschauen sollten? Während sie noch überlegte, hörte sie ein Wiehern. Es war schwach, aber deutlich zu hören. Lauser warf den Kopf in die Höhe und antwortete laut.

„Also doch!“, rief Stefan. „Hier gibt es ein Pferd!“ Er sprang aus dem Sattel. Sie gingen um das Haus herum, und dann entdeckten sie einen

Haufen trockenen Pferdemist. Eine kleine Holztür führte an der Rückseite des Hauses in den Kuhstall. Ob der alte Mann dort ein Pony hielt? Kurz entschlossen drückte Sabine Stefan die Zügel ihrer Stute in die Hand. Sie ging zum Stall und versuchte, dort durch eine der vor Schmutz fast blinden Scheiben hineinzusehen.

„Siehst du ein Pferd?“, rief Stefan ungeduldig.

„Ich sehe gar nichts.“ Sabine wischte mit ihrem Ärmel über die Scheibe, aber es half kaum. Unschlüssig stand sie da. Durfte sie einfach in einen fremden Stall gehen, ohne den Besitzer um Erlaubnis zu fragen? Eigentlich tat man das nicht. Aber dies hier war eine Ausnahme; sie wollten ja sehen, ob da ein Pferd in Not war, und anscheinend war niemand zu Hause. Vorsichtig öffnete Sabine die Stalltür.

Beißender Geruch schlug ihr entgegen. Es stank nach faulendem Mist und muffigem, altem Heu. Zuerst konnte Sabine kaum etwas erkennen. Aber dann, als ihre Augen sich an die Dunkelheit gewöhnt hatten, sah sie einen kleinen Schecken. Das Pony war vor einer Futterraufe an einer Kette angebunden. Neben ihm lag ein umgestoßener Wassereimer, in der Krippe waren ein paar restliche Heuhalme. Das Pony wandte langsam den Kopf, es wieherte leise, als es Sabine sah.

„Du armer, kleiner Kerl!“, rief das Mädchen.

Das Pony war wirklich in jämmerlichem Zustand. Unter seinem struppigen Fell standen die Rippen hervor, die dünne Mähne hing ihm in verfilzten Zotteln über den mageren Hals. Das Schlimmste aber waren seine Hufe; sie waren so lang, dass sie sich schnabelförmig nach oben gebogen hatten. Sabine war entsetzt. So etwas hatte sie noch niemals gesehen. Ganz langsam und vorsichtig näherte sie sich dem Pony. „Keine Angst", murmelte sie, „ich will dir helfen! Nur ruhig!"

Das Pony schien keine Scheu vor ihr zu haben. Reglos stand es mit gesenktem Kopf da. Ganz vorsichtig legte Sabine ihm die Hand auf den Hals und strich über den mageren Rücken. Die Streu des kleinen Pferdes war nass und völlig verschmutzt, das alte, raue Halfter hatte seinen Kopf an mehreren Stellen wund gescheuert. Wer brachte es fertig, ein Tier so zu vernachlässigen? Warum wurde das Pony nicht gefüttert? Wieso waren seine Hufe so schrecklich ausgewachsen? Und dann mit einer Kette angebunden!

„Sabine!", erklang da Stefans Stimme draußen. „Hast du das Pferd gefunden? Was ist los?"

Sabine gab keine Antwort, um das Pony nicht durch lautes Rufen zu erschrecken. Sie ging schnell zur Tür und atmete erleichtert die frische Luft ein. Schnell erzählte sie Stefan alles, und in welch elendem Zustand sich das Pony befand. Ratlos sah sie den Jungen an.

Stefan überlegte einen Moment. „Es braucht auf alle Fälle sofort Wasser und etwas zu fressen“, sagte er dann. „Ich gehe mal rein! Zu blöd, dass wir keine Halfter mitgebracht haben“, murmelte er. An den Trensenzügeln konnten sie ihre Pferde nicht anbinden, das hatte Cornelia ihnen oft genug eingeschärft. „Lass mich mal sehen.“ Stefan drückte Sabine die Zügel der beiden Haflinger in die Hand und verschwand im Stall. Sabine hörte ihn rumoren, und nach einiger Zeit kam er wieder heraus.

„Ich habe den Mist weggeschoben und neu eingestreut“, berichtete er. „Der Wassereimer ist auch aufgefüllt, der arme Kerl hatte großen Durst. Aber ich konnte nichts zu fressen für ihn finden. Die zwei Heuballen dort drinnen sind schimmelig, davon wird er krank, wenn er’s nicht schon ist!“

„Aber er muss etwas fressen!“ Sabine sah sich um. „Sollen wir ihn einfach in den Obstgarten lassen?“ Der Zaun war lückenhaft, und das Gras dort war hoch und saftig.

„Nein“, Stefan schüttelte entschieden den Kopf. „Er würde sich am Gras überfressen und könnte eine Kolik bekommen!“

Das stimmte. Vielleicht hatte das Pony schon tagelang nicht mehr gefressen! Da fiel Sabines

Blick auf eine rostige Sense, die an der Hausmauer lehnte. „Du könntest ihm einen Arm voll Gras mähen“, schlug sie Stefan vor. „Das kann er fressen! Irgendetwas müssen wir ihm geben!“

Stefan hatte schon die Sense gegriffen, und dann machte sich das Pony mit Heißhunger über das frische Grün her. Sabine trug drei Arm voll in den dunklen Stall. Mehr wagte sie dem Pony nicht auf einmal zu füttern.

Sie wollte gerade gehen, als knarrend eine Tür im hinteren Teil des Stalles geöffnet wurde. „Ist da jemand?“, erklang eine heisere, schwache Stimme.

„Herr Huber?“ Sabine starrte den alten Mann an, der, auf einen Stock gestützt, mühsam in den Stall hinkte. Er trug zerlöcherte Filzpantinen an den Füßen und einen schäbigen Bademantel. Die Haare standen ihm wirr um den Kopf, sein Gesicht war grau und eingefallen.

„Was tut ihr bei meinem Max?“ Die Stimme des alten Mannes klang unfreundlich. Misstrauisch sah er die beiden jungen Leute an.

„Ihr Pony braucht Hilfe!“, rief Sabine. „Es ist halb verhungert!“

„Ja mei“, brummte der Alte. Ein Hustenanfall schüttelte ihn, sodass er sich kaum auf den Beinen halten konnte. „Der Max war früher besser im Futter“, murmelte er, „das stimmt! Ist mager geworden!“ Konrad Huber wischte sich über die Stirn. „Wir sind halt alt geworden, wir beide“, krächzte er. „Früher, da ist er vor der Kutsche gegangen, da hat das Mareile noch gelebt...“ Seine Stimme erstarb in einem erneuten Hustenanfall.

Sabine begriff, dass Konrad Huber selbst zu alt und zu krank war, um überhaupt zu begreifen, wie schlecht es um sein Pony stand. Er vernachlässigte den kleinen Schecken nicht absichtlich; er war nur nicht mehr dazu fähig, das Pony zu versorgen. Konrad Huber war krank, sehr krank sogar.

„Herr Huber“, begann sie, „sollen wir einen Arzt holen? Kommen Sie, ich helfe Ihnen ins Haus!“

„Nein“, sagte der alte Mann barsch. „Ich brauche keinen Arzt!“ Er drehte sich um und schlurfte durch den dunklen Stall auf die Tür zu, die ins Haus führte. „Wir kommen allein zurecht, mein Max und ich. Jetzt schleicht euch!“ Mit dumpfem Krach fiel die Tür ins Schloss.

Sabine hörte, wie der alte Mann hustend den Riegel vorschob. Ratlos stand sie einen Moment lang da. Niemand ahnte, dass der Alte und das Pony allein und verlassen hier in der verfallenen Mühle hausten. Hatte Konrad Huber keine Verwandten? War da niemand, der sich um ihn kümmerte, der wusste, wie krank er war?

Sabine und Stefan sahen sich an. Sie mussten sich beeilen! Es musste etwas getan werden! Cornelia sollte so schnell wie möglich erfahren, was sie hier vorgefunden hatten!

„Lauf, Sternchen!“ Sabine drückte ihrer Stute die Schenkel in die Seiten und duckte sich tief über die weiche Mähne. Vor ihnen lagen zwei Kilometer Feldweg, immer am Moor entlang. Sternchen schien die besondere Situation zu erfassen. Sonst war die Haflingerstute oft etwas träge, ein Pferd, dass man antreiben musste; nun aber sprang sie in einen wahren Renngalopp, der einem Vollblüter Ehre gemacht hätte.

Sabine ritt sonst nie in so einem Tempo, um ihr Pferd zu schonen. Aber das war jetzt etwas anderes. Konrad Huber war krank und schon sehr geschwächt, auch wenn er das selbst nicht wahrhaben wollte.

Stefan jagte auf Lauser an Sabines Seite dahin. Sie verstanden sich ohne viele Worte. Sabine sog den vertrauten Geruch des Pferdes in sich ein, sie spürte den schnellen Dreitakt des Galopps, hörte das rhythmische Klopfen der Hufe auf dem weichen Feldweg. Sternchen schonte sich nicht, sie lief, als gälte es, ein Rennen zu gewinnen. Bei dem schnellen Tempo verschwammen das vorbeifliegende Moor und der Wald zu einem grünbraunen Farbstreifen, der Wind trieb den beiden Reitern

Tränen in die Augen. Noch nie war Sabine so schnell geritten! Sie hatte Sternchen ein solches Tempo gar nicht zugetraut. Da vorn kam die Kurve, in der der Weg sich gabelte. Dort mussten sie nach links zum Ponyhof Kleines Hufeisen abbiegen. Einen Augenblick lang befürchtete Sabine, dass Sternchen sich vielleicht nicht bremsen lassen wollte. Aber ihre Bedenken waren überflüssig, die Stute ging nicht durch. Sie verlangsamte ihren Galopp gehorsam, als Sabine die Zügel aufnahm.

Stefan hatte einen Augenblick lang mit Lauser zu kämpfen. Der Wallach hatte sich begeistert warm gelaufen und legte sich auf den Zügel. Aber als Sternchen hinter ihm zurückblieb, reagierte auch Lauser endlich auf Stefans Paraden und fiel in einen leichten Trab.

Sabine ließ ihre Stute die letzten hundert Meter zum Hof hin noch einmal galoppieren.

„Was soll das denn?“, rief Cornelia ärgerlich, als sie die beiden auf schweißnassen Pferden in den Hof reiten sah. Sie wussten doch genau, dass sie die Pferde die letzte Viertelstunde im Schritt reiten sollten, damit sie nicht erhitzt ankamen. Meistens führte Stefan sein Pferd sogar das letzte Stück im Schritt auf den Hof.

Sabine wurde rot und zügelte Sternchen. „Es ist doch nur...“, stotterte sie, „es war ein Notfall! Herr Huber und sein Pony brauchen dringend Hilfe!“

Schnell hatten sie Cornelia erzählt, was sie in der Mühle entdeckt hatten.

„Führt die Pferde trocken und gebt ihnen nur schluckweise Wasser! Ich rufe gleich beim Sozialamt an!“ Cornelia wusste wie immer Rat. Sie verschwand im Haus, gefolgt von Janosch, dem großen, beigebraunen Mischlingshund.

Michaela hatte Janosch im Frühjahr verletzt auf einer der Koppeln gefunden. Cornelia hatte den Hund aufgenommen und gesund gepflegt, und seitdem lebte Janosch auf dem Hof und bewachte alles. Er fühlte sich für Menschen und Tiere auf dem Ponyhof verantwortlich.

Stefan und Sabine lockerten die Sattelgurte und zogen die Bügel hoch. Dann führten sie die beiden Haflinger ein paar Runden, bevor sie ihnen die Sättel abnahmen. So konnte der Pferderücken langsam abkühlen, und das war wichtig, damit es nicht zum Kreuzverschlag kam. Denn wenn kalte Luft auf die Muskeln des stark erhitzten Pferderückens kam, konnte es gefährlich werden. Sabine füllte einen Eimer mit lauwarmem Wasser, damit wuschen sie und Stefan ihren verschwitzten Pferden sorgfältig den Hals, die Beine und die Sattellage ab.

Lauser genoss es, gewaschen zu werden, Sternchen dagegen trippelte unwillig hin und her. Aber nach ein paar Minuten spürte auch sie, wie wohltuend das warme Wasser war, das ihr den Schweiß aus dem Fell wusch. Bald stand die hübsche Stute ruhig da.

Sabines Gedanken wanderten zu dem alten Mann und seinem Pony. Was würde nun geschehen? Wer würde sich um Konrad Huber kümmern?

Als die Pferde trocken waren, brachten Stefan und Sabine sie auf die Koppel. Mit einem wohligen Brummen ließ Lauser sich ins weiche Gras sinken und wälzte sich ausgiebig. Sternchen begann gleich zu grasen.

Nachdem sie das Sattelzeug weggeräumt und die Trensen ausgewaschen hatten, gingen Sabine und Stefan ins Haus.

Cornelia stand neben dem Telefon. Die schöne alte Uhr an der Küchenwand tickte laut, auf dem Herd summte der Wasserkessel. Janosch hatte sich auf dem Sofa zusammengerollt und schlief, obwohl er eigentlich *neben* dem Sofa liegen sollte. Aber dazu hatte Janosch seine eigene Meinung, und Cornelia machte es nichts aus, dass der Hund neben ihr auf dem Sofa lag. Im Gegenteil, alle fanden es gemütlich. „Janosch passt trotzdem auf!“, sagte Cornelia lachend. „Ihm entgeht nichts auf dem Hof!“ Und das stimmte.

Die junge Frau erzählte, dass das Sozialamt einen Notarztwagen zu der alten Mühle schicken würde. „Huber hat eine Nichte bei München, aber die kommt wohl nicht oft zu ihm. Nun muss man sehen, wie's weitergeht!"

„Ob er ins Krankenhaus muss?", überlegte Sabine.

„Wahrscheinlich schon", Cornelia nickte. „Eurer Beschreibung nach könnte er eine Lungenentzündung haben. Das ist gefährlich!"

Sabine wusste nicht, was sie sagen sollte. Es war klar, dass der alte Mann Hilfe brauchte. Aber würde er freiwillig mitkommen? Würde er einsehen, dass er ins Krankenhaus musste? Seinen Hof verlassen, um vielleicht nicht wieder zurückzukehren? Es war keine schöne Situation für den alten Huber. Aber es war auch nicht schön, krank und allein in dem baufälligen Haus zu sein, ohne einen Menschen, der ihn versorgte. Sabine sah Cornelia an. „Und das Pony? Was wird aus Max?", fragte sie besorgt.

„Das weiß bisher noch niemand", erwiderte Cornelia. „Jemand vom Tierschutzverein ist auch auf dem Weg zur Mühle. Ich habe ihnen angeboten, Max bei uns aufzunehmen, bis geklärt ist, was aus ihm werden soll. Aber bevor sie etwas entscheiden, müssen sie das Tier erst vor Ort gesehen haben."

„Und das kann dauern“, fügte Stefan hinzu.

„Stimmt.“ Cornelia nahm den Wasserkessel vom Herd und brühte eine Kanne voll Kräutertee auf. „Das Ganze ist eine traurige Geschichte“, sagte sie leise. „In unserer Gesellschaft kommen alte Leute manchmal zu kurz. Da lebt ein alter Mann in der Mühle, und kein Mensch ahnt, dass er so krank ist! Aber habe ich mich um ihn gekümmert?“ Sie stellte ein Kännchen mit Sahne auf den Tisch. „Habe ich ihn besucht und ihm meine Hilfe angeboten? Dabei hätte ich es ja als Nachbarin wissen können!“

„Er wollte sich aber auch gar nicht helfen lassen“, wandte Stefan ein. „Und als wir ihn besuchen kamen, hat er die Tür nicht geöffnet. Er war sehr unfreundlich!“

„Sicher war er einfach schon zu krank, um seine eigene Lage und die seines Ponys realistisch einzuschätzen.“

Sabine nickte. Diesen Eindruck hatten sie und Stefan auch gehabt. Sie hatte nicht geglaubt, dass der alte Mann sein Pony absichtlich vernachlässigt hatte. Offensichtlich war er nicht mehr in der Lage gewesen, sich selbst zu versorgen – und sein kleines Pferd auch nicht. Er hatte eigentlich in einem netten Ton „von dem Max“ gesprochen. Konrad Huber tat Sabine leid, sie wollte ihm keinen Vorwurf machen.

Max braucht Hilfe

Endlich klingelte das Telefon. Cornelia schien auf den Anruf gewartet zu haben, denn sie sprang mit einem Satz auf und nahm den Hörer ab.

Sabine horchte gespannt. War es jemand vom Tierschutzverein?

Cornelia sagte wenig, sie nickte nur. „Ja, wir kennen den Weg“, meinte sie dann. „Einen Pferdehänger haben wir auch. Ich rufe Sie an, wenn das Pony hier ist.“

Sabines Herz machte einen Sprung. „Wir dürfen ihn holen, stimmt's?“, rief sie.

„Stimmt.“ Cornelia lächelte. „Der Tierschutzverein konnte Hubers Nichte nicht erreichen, und so wird Max fürs Erste bei uns bleiben.“

„Und wie geht es dem alten Mann?“, fragte Stefan.

„Er ist ins Krankenhaus gebracht worden. Und er wird jetzt dort behandelt, auch wenn er lieber zu Hause geblieben wäre.“ Cornelia gab sich einen Ruck. „Kommt ihr mit?“

Natürlich wollten Stefan und Sabine mitkommen! Schnell holte Sabine aus der Sattelkammer ein stabiles Halfter, etwas Hafer und eine warme

Pferdedecke. Die Decke würde dem Pony zwar zu groß sein, aber vielleicht würde sie das entkräftete Pferd im Hänger vor Unterkühlung schützen. Schon bald bogen sie in den holprigen Feldweg ein, der zur Mühle führte. Cornelia schaltete in den ersten Gang und versuchte, den schlimmsten Schlaglöchern des Weges auszuweichen. Die Sonne stand schon tief, als sie endlich ankamen. Ob es im Stall wohl Licht gab? Sabine sprang aus dem Auto. Während sie in den Stall ging, ließ Cornelia die Laderampe herunter.

„Max!“, rief Sabine ins Dunkel hinein. Max wieherte nicht, aber Sabine hörte die Kette klirren, als er sich bewegte. Langsam ging sie auf das Pony zu. Max war nicht mehr ganz so apathisch wie noch vor ein paar Stunden, das Futter schien ihn etwas gestärkt haben. „So, mein Guter“, sagte Sabine, „jetzt kommst du endlich hier raus! Bei uns wird es dir gut gehen!“ Sie tauschte das alte, harte Halfter gegen das mitgebrachte aus. Die Kette fiel zu Boden. Sabine hakte das mitgebrachte Führseil ein und zog sacht daran. Max folgte ihrer Aufforderung willig. Mit steifen Schritten bewegte der Schecke sich auf die Tür zu. Ganz langsam ging er, fast vorsichtig. Sabine hatte einen Kloß im Hals. Wie lange mochte er wohl gestanden haben? Irgendwie war er vor ein paar Tagen ins Freie gelangt, sonst hätten ihn die beiden Spaziergänger ja nicht gesehen.

„Ach, du meine Güte!“, rief Cornelia erschrocken, als Sabine Max um die Ecke führte. Im Tageslicht sah das Pony noch erbärmlicher aus als in seinem Stall. Entsetzt starrte Cornelia auf die verformten Hufe des Ponys, die so lang und nach oben gebogen waren, dass Max nur mühsam laufen konnte. „Du armer, kleiner Kerl!“ Sie griff nach dem Hafereimer und ging zu Max.

Gierig schob er die Nase in den Eimer und begann zu fressen. „Nicht zuviel auf einmal“, sagte Cornelia dann und nahm den Eimer wieder weg. „Bei uns mache ich dir gutes Kraftfutter zurecht, das bekommt dir, wirst schon sehen!“

Cornelia schwor auf das Gemisch aus gequetschten Leinsamen, Hafer und Weizenkleie für ihre Pferde. Ab und zu wurden alle damit verwöhnt, obwohl sie jung und in gutem Zustand waren.

„So, jetzt muss er in den Hänger“, erklärte Cornelia schließlich.

Sabine führte Max bis an die Laderampe. Dort aber stemmte das Pony die Hufe in den Boden und wollte keinen Schritt weitergehen. Zu Sabines Erstaunen war Max kräftiger, als man glauben sollte. Vielleicht war er noch nie verladen worden? Ob er wohl spürte, dass er seinen Stall für immer verlassen musste? Die Chancen, dass Konrad Huber wieder so gesund und kräftig wurde, dass er allein mit dem Pony auf dem Hof leben konnte, waren sehr gering, darüber waren sich alle im Klaren. Und Max schien sich zu fürchten. Der Pferdehänger war ihm nicht geheuer. Er legte die Ohren an und weigerte sich trotz des guten Zuredens, auf die Rampe zu gehen.

Sabine sah sich um. Die alte Mühle lag friedlich in der Dämmerung da, und vielleicht hatte das alte Pony hier gute Tage auf den Wiesen verbracht. Vielleicht war es auch gern vor dem Wagen gegangen, vor Jahren, als Konrad Huber ihn anspannte und seine Frau noch lebte. Sabine spürte eine Welle von Traurigkeit in sich aufsteigen. Nun waren die alten Leute fort, das Anwesen verrottet und baufällig und der kleine Schecke ein Bild des Jammers.

„... mit Futter locken“, hörte Sabine plötzlich Stefans Stimme. Ruhig hielt er Max den Eimer wieder vor die Nase, zog ihn aber fort, sobald das Pony ein Maul voll genommen hatte. Stefan ging auf die Rampe und hielt den Eimer so, dass er gerade außerhalb der Reichweite des Ponys war. Max machte den mageren Hals so lang, wie er nur konnte. „Nun komm schon“, lockte Stefan und schüttelte den Eimer, sodass Max die Haferkörner rasseln hörte.

Max traute sich nicht in den Hänger, aber da war der Hafer, diese goldgelben Körner, die so gut schmeckten ... Unschlüssig trat der kleine Schecke auf der Stelle. Endlich aber siegte der Hunger. Mit einem zögernden Schritt setzte er zuerst einen Huf auf die Rampe, dann den anderen. Stefan lobte Max, er gab ihm Hafer und ging weiter in den Hänger hinein. Cornelia öffnete leise die kleine Seitentür von vorn. Nun war es nicht mehr so dunkel im Wagen, und Stefan würde schnell durch die Tür hinausschlüpfen können, wenn Max drinnen war.

Das Pony schnaubte misstrauisch, auf einmal sprang es mit einem Satz rückwärts. „Nicht ziehen!“, rief Cornelia, und Sabine ließ den Führstrick durch die Hände gleiten. Sie wusste, dass sich ein Pferd beim Rückwärtsziehen verletzen konnte.

Wieder schüttelte Stefan den Hafereimer, wieder setzte Max die Vorderhufe auf die Rampe. Ob es diesmal klappte? Inzwischen war es fast dunkel geworden, aber die drei Menschen hatten viel Geduld. Und das war wichtig. Schließlich hatten sie es geschafft! Max stand im Hänger und fraß zufrieden den Hafer im Eimer.

Sabine und Cornelia klappten die Tür zu, Stefan band das Pony sicher an und legte ihm die Decke über. Sie war Max um einiges zu groß, aber Stefan schnallte sie fest genug, um ein Rutschen zu verhindern. „Nun kann es losgehen“, erklärte er befriedigt und sprang aus dem Hänger.

Sabine warf noch einen letzten Blick auf die alte Mühle, die jetzt dunkel und verlassen dalag. Plötzlich sah sie eine Bewegung bei der Tür und hörte leises Miauen. „Die graue Katze!“, rief Sabine. „Was wird aus der Katze?“

„Meine Güte, die können wir nicht einfach hier lassen!“ Cornelia nickte Sabine zu. „Gut, dass du sie gehört hast! Die Katze kann natürlich auch mitkommen. Hier wird sie ja niemand mehr füttern.“ Cornelia ging auf das Haus zu und lockte leise. Kurz darauf kam sie mit der grauen Katze im Arm wieder. „Hier“, sagte sie und gab Stefan, der bereits im Auto saß, das Tier. Zuerst saß die Katze steif in seinem Schoß, aber als er sie zu streicheln begann, entspannte sie sich allmählich. Doch sie schnurrte nicht. „Katzen bleiben zwar manchmal gern beim Haus, auch wenn die Menschen umziehen“, meinte Cornelia, „aber hier würde sie verwildern. Hoffentlich wird sie sich bei uns mit der Zeit eingewöhnen. Eine Katze können wir im Stall gut gebrauchen! Auf jeden Hof gehört eine Katze!“

„Und Janosch?“, fragte Sabine. Ob der große Hund etwa Katzen jagte?

„Janosch wird sich mit der Mieze anfreunden müssen“, sagte Cornelia. „Darauf werde ich schon achten!“

Langsam fuhren sie aus dem Mühltal. Ob Max dort hinten Angst hatte? Ob er das Gleichgewicht halten konnte? „Vielleicht sollte einer von uns im Hänger mitfahren", sagte Sabine besorgt. „Er ist das doch nicht gewöhnt!"

„Auf gar keinen Fall!", sagte Cornelia entschieden. „Das ist zu gefährlich. „Wenn ein Pferd in Panik gerät, wenn es stürzt oder sich losreißt, kann es dich schwer verletzen. Gerade kürzlich habe ich gelesen, dass eine junge Frau fast gestorben wäre, weil ein Pferd sie im Hänger während der Fahrt aus Angst ins Gesicht gebissen hat. Sie konnte nicht ausweichen, der Fahrer des Wagens merkte nichts und fand die Frau bewusstlos, als sie Stunden später hielten. Nein", sagte sie mit Nachdruck, „im Hänger mitfahren kommt nicht in Frage."

Sabine sah ein, dass Cornelia Recht hatte, aber sie sorgte sich doch um das Pony. Als sie auf die Landstraße einbogen, hielt Cornelia, damit Sabine und Stefan nach Max sehen konnten. Vorsichtig öffnete das Mädchen die Seitentür und kletterte in den Hänger. Max atmete heftig, er war vor Aufregung und Angst nass geschwitzt. Aber er war nicht gestürzt und nahm das Heu, das Sabine ihm hinhielt.

„Jetzt ist es nicht mehr weit", tröstete sie den verstörten Schecken. „Und nun rumpelt es auch nicht mehr so. Das Schlimmste hast du hinter dir!"

Stefan klopfte den mageren Hals des Ponys, dann fuhren sie weiter.

Sie hielten vor dem Stall. Janosch umsprang den Anhänger mit wildem Freudengebell. Es war mittlerweile ganz dunkel geworden, die beiden Lampen am Tor warfen ihren warmen Lichtschein auf den Hof. Ein Windstoß fuhr durch den großen Birnbaum beim Haus.

Sabine hörte ein leises Fauchen neben sich. Die graue Katze saß mit gesträubtem Nackenhaar auf Stefans Schoß; ihre Augen funkelten, und sie fauchte wieder, als Cornelia die Tür öffnete und Janosch seinen großen Kopf ungestüm in den Wagen schob. Liebe auf den ersten Blick war es also nicht!

„Nun komm schon“, drängte Stefan. „Max muss ausgeladen werden!“

Cornelia sagte ihm schnell, in welches Zimmer des Hauses er die Katze bringen sollte. Während er die Graue mit Wasser und etwas gekochtem Fleisch versorgte und das alte Katzenklo aus der Speisekammer holte, luden Cornelia und Sabine das Pony aus. Langsam band Sabine den Schecken los, dann erst ließ Cornelia die Rampe herunter. Sabine versuchte, Max zum Rückwärtstreten zu bewegen, aber er stand stocksteif da und rührte sich nicht. Schließlich schob sie ihn energisch, aber auch das half nichts. Dann kam Cornelia mit einer Gerte in den Hänger. Sabine wusste, dass Cornelia eine Gerte immer nur als verlängerten Arm gebrauchte, und dass sie ihre Pferde niemals schlug.

Aber Max wusste das nicht. Er sah die Gerte, warf den Kopf hoch und riss erschrocken die Augen auf. „Keine Angst“, beruhigte Cornelia den kleinen Wallach. „Wir tun dir nichts!“ Sabine wusste: Oft werden Pferde bestraft, nur weil sie sich vor etwas fürchten. Offensichtlich hatte Max bereits schlechte Erfahrungen mit der Gerte gemacht. Ganz vorsichtig und sanft klopfte Cornelia ihm an die Brust und die Vorderbeine – und Max trat einen Schritt zurück.

Cornelia lobte ihn, ließ ihm Zeit und zeigte ihm die Gerte einfach nur, dann gab sie ihm erneut ein Zeichen zum Rückwärtstreten. Als Max mit den Hinterhufen auf die Rampe kam, rutschte er aus und wäre fast gestürzt, mit so vernachlässigten Hufen kein Wunder, dachte Sabine. Endlich stand der Schecke zitternd neben dem Hänger.

„Geschafft!“, rief Cornelia erleichtert. „Mach doch schnell im Stall das Licht an und öffne die Tür!“

Ein bis zwei Boxen waren immer eingestreut und für besondere Fälle oder unvorhergesehene Besucher mit Pferden eingerichtet. Das saubere Stroh reichte Max bis über die Fesselgelenke, die

Raufe war mit duftendem Heu von den Bergweiden gefüllt. Ab und zu gelang es Cornelia, Heu von den Bergwiesen zu bekommen, es war besser, als das Heu anderer Wiesen. Auf den Bergweiden wurde kein Kunstdünger gestreut, und es gab viele Kräuter und Gräser, die nur noch dort oben wuchsen.

Sabine nahm Max die Decke ab, und gemeinsam mit Cornelia rieb sie ihn mit Strohwischen trocken.

„Morgen früh muss ich den Schmied anrufen", sagte Cornelia. „Seine Hufe müssen unbedingt beschnitten werden. Wahrscheinlich kann der Schmied gar nicht alles auf einmal korrigieren, aber wenigstens einen Anfang machen."

„Und der Tierarzt? Der muss Max doch sicher untersuchen", gab Sabine zu bedenken.

„Den hat der Tierschutzverein schon bestellt." Cornelia nickte. „Der Amtstierarzt wird kommen!"

Max hatte etwas Heu gefressen, nun stand er mit hängendem Kopf da und hatte die Augen geschlossen. Er war erschöpft.

„Wir kriegen ihn schon wieder auf die Beine. Einige Zeit bei gutem Futter und in Pferdegesellschaft können Wunder wirken!", meinte Cornelia.

Auf dem Ponyhof

Max gewann in Windeseile das Herz aller Reitschüler des Ponyhofes. Er wurde umringt und so verwöhnt, dass Cornelia die Kinder daran erinnern musste, dass das Pony so viele Menschen nicht gewohnt war. Es brauchte zwar Zuwendung und Liebe, aber auch seine Ruhe. Sogar Katrin, die ja sonst eigentlich „nur für Großpferde“ etwas übrig hatte, bürstete vorsichtig die verfilzte Mähne des kleinen Schecken, als Sabine am nächsten Nachmittag in den Stall kam.

„Der Tierarzt ist schon auf dem Weg“, berichtete Katrin ihrer Freundin. Sie nahm eine neue Strähne des struppigen Mähnenhaars und entwirrte sie, so gut es ging, mit den Fingern, ehe sie es mit der Bürste glättete.

Max ließ sich das Bürsten ruhig gefallen, er stand ganz still und schonte ein Hinterbein.

„Meine Mutter konnte es kaum glauben“, sagte Katrin, „dass ihr Max so heruntergekommen gefunden habt! Sie erzählte uns, dass Konrad Huber früher mit seiner Frau viel Kutsche gefahren ist. Nicht nur mit Max, auch mit anderen Pferden!“

Da ertönte im Hof eine Autohupe. „Doktor Schröder!“, rief Sabine. Sie sprang auf, um dem Tierarzt das Tor aufzumachen.

Kurz darauf stand der kräftige blonde Mann bei Max in der Box. Cornelia hatte ihm alles erzählt, sie hielt das Pony am Halfter.

„Völlig unterernährt“, stellte Dr. Schröder ernst fest. „Er hat wohl auch Würmer.“ Er tastete die Beine des Ponys ab, maß seine Temperatur, sah in seine Augen, ins Maul und in die Ohren.

„Können Sie feststellen, wie alt er ist?“, fragte Stefan.

Dr. Schröder schob den Daumen seitlich in Max’ Maul und untersuchte die Zähne. „Etwa achtzehn“, würde ich sagen. Aber die Zähne müssen unbedingt geraspelt werden. So kann der arme Kerl nicht richtig kauen!“ Er zeigte ihnen, dass die Zähne Haken hatten, die sich ins empfindliche Zahnfleisch bohrten. Dann holte er seine Raspel. Max war von der Prozedur zwar nicht begeistert, aber er wehrte sich auch nicht ernsthaft. Er versuchte, den Kopf wegzuziehen und stampfte unwillig, aber schließlich gab er auf und ließ den Tierarzt arbeiten. Das Pony bekam noch zwei Spritzen, eine Impfung und ein Vitaminpräparat, dann verabschiedete sich Dr. Schröder.

„Nach all der Aufregung kriegt er gutes Mash!“, kündigte Cornelia an. Bald stand sie am Herd und kochte Leinsamen auf; so wurde die darin enthaltene giftige Blausäure unwirksam gemacht. Cornelia überbrühte den Quetschhafer und die Kleie, mischte noch eine Tasse Melasse und etwas Salz darunter, gab den Leinsamen zu und stellte das Ganze dann zum Quellen und Abkühlen aufs Fensterbrett. Lauwarm schmeckte Mash den Pferden am besten, das wussten Sabine und Stefan.

„Da kommt Michaela!“ Sabine sauste nach draußen, um ihrer Freundin von Max zu erzählen. Dann standen die Freundinnen in seiner Box. Michaela war ebenso erschüttert wie alle anderen, als sie den elenden kleinen Schecken sah. „Ab jetzt wird er es gut haben“, sagte sie. „Er kann doch auf dem Ponyhof bleiben, oder?“

„Das steht noch nicht fest“, sagte Sabine bedrückt. „Herr Huber hat eine Nichte bei München. Cornelia sagt, dass sie Max beanspruchen kann, weil sie die nächste Angehörige ist!“

„Na, hör mal, wer will denn so ein Pony?“ Michaela strich Max zärtlich über den Rücken. „Das ist nicht böse gemeint“, sagte sie schnell, „aber es reißt sich bestimmt nicht jeder darum, ein altes Pony hochzupäppeln, mit dem man ja im Grunde nicht mehr viel machen kann!“

„Wer weiß“, wandte Sabine ein. „Shetlandponys werden oft sehr alt, sie leben lange. Wenn Max wieder gesund ist, könnte er unter Umständen immer noch eine leichte Kutsche ziehen."

„Du, das wäre doch toll!", rief Michaela begeistert. „Im Winter könnten wir ihn vor den Schlitten spannen und mit Glöckchengeläute durch den Wald fahren!"

Später holten die Mädchen Wolkenmähne und Glofaxi von der Weide, um drei Uhr wollte Cornelia ihnen eine Reitstunde geben. Während sie ihre Pferde striegelten, sprachen die beiden kaum, jede war vollauf mit ihrem Pferd beschäftigt. Sabine begriff nicht, warum die Mädchen in der Reitschule dauernd miteinander redeten und die letzten Neuigkeiten besprachen, während sie so nebenher ihre Pferde putzten. Sie konzentrierte sich immer ganz auf ihr Pferd. Die hübsche erdbraune Wolkenmähne war unter dem Bauch noch immer ziemlich kitzlig, da war Sabine vorsichtig. Sie benutzte ihre Bürste wie eine Hand und achtete darauf, der Stute das Putzen angenehm zu machen. Wolkenmähne dankte ihr diese Aufmerksamkeit mit wachsendem Vertrauen. Längst hatte sie keine Angst mehr vor dem Satteln und Auftrensen. Sie wusste ja, dass ihr nichts geschah, dass ihr nichts Schlimmes bevorstand. Sanft legte Sabine den Sattel auf Wolkenmähnes Rücken und zog den Gurt an.

„Abteilung Trab!“, schallte Cornelias Stimme über den Platz. Eine neue Reitschülerin ritt Lauser, Stefan war auf seinem geliebten Trakehnerwallach Gustav dabei. Die Isländer sollten auch traben, alle bis auf Glofaxi. Michaela hatte eine Wirbelsäulenverbiegung, die beim Tölt nicht schmerzte; normalen Trab sollte das empfindliche Mädchen nicht reiten.

Sabine hatte Mühe, Wolkenmähne im Trab zu halten. Ungestüm drängte die Islandstute vorwärts; am liebsten hätte sie Gustav überholt, der vor ihr ging. Sabine gab der Stute immer wieder Paraden, sie bemühte sich, nicht an den Zügeln zu ziehen. Endlich reagierte Wolkenmähne und verlangsamte ihr Tempo. Mit der Zeit würde sie ein gut zu reitendes, sehr verlässliches Pferd werden, davon war Cornelia überzeugt. Aber noch gab es viel zu lernen, für das Pferd und für die jungen Reiter.

„Habt ihr Grauchen gesehen?“, fragte Cornelia nach der Stunde. Sie hielt Hubers graue Katze immer noch im Haus, damit sie sich eingewöhnte. „Ist sie nicht mehr in ihrem Zimmer?“, fragte Sabine zurück.

„Vor der Reitstunde war sie noch dort. Jetzt ist die Tür einen Spaltbreit offen, und die Mieze ist weg!“ Cornelia kümmerte sich liebevoll um die neue Hausbewohnerin; sie wollte nicht, dass die Graue etwa zur Huber-Mühle zurücklief. Aber in dem fremden Zimmer hatte die graue Katze die erste Nacht unter dem Bett verbracht und war nur zum Fressen hervorgekommen. In den letzten zwei Tagen war sie etwas zutraulicher geworden, hatte sogar geduldet, dass Cornelia sie streichelte. Aber sie schnurrte immer noch nicht.

„Wir müssen sie suchen!“, rief Sabine. „Sie hat sich doch noch immer nicht an Janosch gewöhnt! Wer weiß, wo sie sich verkrochen hat!“

Cornelia holte den Hund in die Küche, während die Kinder die Pferde versorgten und auf die Weide brachten. Dann begann eine große Suchaktion nach Grauchen. Sabine und Michaela durchsuchten das Haus, Stefan ging im Garten und auf dem Hof herum, Cornelia und Sybille, die Lauser geritten hatte, stiegen auf den Heuboden des Stalles.

Überall wurde die Graue gerufen und gelockt, aber vergeblich. Als sich alle nach einer Stunde wieder trafen, hatte niemand die graue Katze gesehen.

Ratlos sahen sie sich an. Stefan sagte, dass es fast unmöglich sei, eine Katze zu finden, die sich nicht finden lassen wolle. Und es gab so viele gute Schlupfwinkel auf dem Hof.

„Vielleicht kommt sie von selbst wieder!“, sagte Sabine.

„Das wollen wir hoffen!“ Cornelia lächelte. „Und für meine fleißigen Helfer gibt es jetzt einen großen Krug Limonade und einen Berg selbst gebackene Kekse!“

Alle saßen um Cornelias Küchentisch, tranken die köstliche Zitronenlimonade und aßen unzählige Plätzchen. Wie immer drehte sich das Gespräch um Pferde. In zwei Wochen sollte der geplante Tagesritt stattfinden, darauf freuten sich alle sehr. Es wurde geredet und beratschlagt – wer durfte wen reiten, was sollte man fürs Picknick mitnehmen und was wäre, wenn es ausgerechnet an dem großen Tag regnen würde... So verging der Nachmittag wie im Fluge, und endlich war es Zeit zum Heimgehen.

„Ich sage Max noch schnell auf Wiedersehen!“, rief Sabine und schob ihren Stuhl zurück. Michaela versprach, auf sie zu warten, und Sabine lief zum Stall hinüber. Wenig später kam sie strahlend wieder in die Küche. „Das müsst ihr euch anschauen!“, rief sie. „Kommt mit! Grauchen! Ich habe sie gefunden!“

„Wirklich? Wo ist sie?“ Alle riefen durcheinander.

„Bei Max! In der Futterkrippe! Das müsst ihr sehen! Kommt mit!“

Leise, um die scheue, graue Katze nicht zu vertreiben, gingen alle in den Stall. Und tatsächlich! Max döste mit behaglich eingeknicktem Hinterbein in seiner Box, sein Kopf war dicht über der

Grauen, die sich unter ihm im Heu der Krippe zusammengerollt hatte und fest schlief. „Es sieht so aus, als ob er sie beschützen wollte!“, flüsterte Cornelia. „So stehen Mutterstuten da und halten bei ihren schlafenden Fohlen Wache!“

„Grauchen scheint sich ganz geborgen zu fühlen“, sagte Sabine leise. „Sicher ist sie eine Stallkatze und kommt gar nicht so gern ins Haus! Meinst du nicht, Cornelia?“

„Das ist möglich. Aber sie scheint gern bei Max zu sein. Ist ja auch klar! Schließlich kennen sich die beiden und sind wohl alte Freunde!“

Endlich verließen sie den Stall wieder.

Als Sabine am nächsten Tag nach der Schule zu Max in die Box ging, begrüßte er sie mit einem leisen, brummelnden Wiehern. Grauchen war nicht zu sehen, sie erkundete wohl ihr neues Revier.

Am Morgen hatte der Schmied Max die verwachsenen Hufe ausgeschnitten. Sie sahen schon besser aus, auch wenn sie noch nicht ganz normal waren. Cornelia hatte Sabine erklärt, dass man die Stellung der Hufe am Anfang nicht zu drastisch ändern durfte, denn die Gelenke und Sehnen mussten sich langsam an die Umstellung gewöhnen können. Sabine hatte Heilsalbe auf die wund gescheuerten Stellen an Max’ Kopf gerieben und für das Halfter einen weichen Überzug aus dünnem Schaffell genäht.

„Heute kommst du auf die Weide“, sagte sie zu dem Pony und öffnete die Boxentür. Willig ließ Max sich aufhalftern. Sabine führte ihn aus der Stallgasse über den Hof und brachte ihn in die kleine Koppel, die neben der Weide der anderen Pferde lag. Sie schloss das Gatter und nahm Max das Halfter ab. Einen Moment lang stand der kleine Schecke reglos da und blickte auf die grüne Weide vor sich. Dann trottete er zu einem Apfelbaum hinüber und begann eifrig zu fressen.

Die anderen Pferde hatten ihn gesehen, jetzt kamen sie neugierig zum Zaun. Es war ein schönes Bild! Mit fliegenden Mähnen und Schweifen kam die kleine Herde angaloppiert; allen voran lief Glofaxi, der Schimmel.

Max hob den Kopf, er ging ein paar Schritte auf den Zaun zu, aber nicht ganz zu den anderen Pferden hin.

„Er hat Angst vor ihnen“, stellte Stefan fest, der dazugekommen war. „Sie sind ihm nicht geheuer!“

„Wer weiß, wie lange er allein war“, sagte Sabine leise. „Er kennt wohl gar keine Pferdegesellschaft mehr!“

„Das ist gegen die Natur eines Pferdes!“, rief Stefan zornig. Herdenhaltung war eines seiner Lieblingsthemen. Er konnte sich richtig darüber aufregen, wenn Pferde allein gehalten wurden. „Das verträgt kein Tier auf Dauer. Einzelhaltung ist für ein Herdenwesen eine richtige Strafe! Wie muss der Kleine gelitten haben, immer allein in dem muffigen, dunklen Stall!“

„Wir wissen auch gar nicht, wie lange er so gehalten wurde“, meinte Sabine. „Es kann sein, dass er schon jahrelang nicht mehr mit anderen Pferden zusammen war.“

Stefan sah den Schecken nachdenklich an, der ganz ruhig weiterfraß. „Glaubst du, dass Cornelia ihn ganz behalten würde?“

„Klar.“ Sabine war ganz sicher. „Wenn ihn diese Leute aus München nicht wollen, bleibt er hier. So ein altes Pony kann man doch nicht mehr verkaufen. Er würde auf dem Schlachthof enden und noch nicht einmal viel Geld einbringen, so mager, wie er ist!“

„Wegwerfware!“, sagte Stefan bitter. Er war ein leidenschaftlicher Tierschützer. „Alt und zu nichts mehr nütze, so ein Tier muss eben weg! Dass es sein Gnadenbrot verdient hat und dass man es behalten muss – auf die Idee kommen manche Leute gar nicht!“

„Ich habe einen Bericht über Gnadenhöfe gelesen“, erzählte Sabine. „Es ist toll, dass sich Leute finden, die überflüssigen Tieren ein Zuhause geben!“

Stefan nickte. „Finde ich auch. Aber der Ponyhof ist eben eine Reitschule und muss etwas einbringen. Tiere halten kostet Geld, ob Gnadenhof oder nicht. Und reich ist Cornelia schließlich nicht."

Sabine schwieg. Sie wusste, dass Stefan Recht hatte. Reich war Cornelia nicht. Aber sie liebte ihre Pferde. Niemals hätte sie sie überfordert und sie mehr arbeiten lassen, als gut für sie war – auch wenn sie nicht viel Geld hatte.

Ein Pferd aber kostete Geld: Versicherungen, Futter, Tierarzt und Schmiedekosten, die Ställe und Weiden mussten unterhalten werden. „Eins kommt zum anderen", sagte Cornelia oft zu ihnen.

„Der Tierschutzverein wird vielleicht einen Zuschuss geben", hoffte Stefan. „Cornelia will mit denen reden!"

„Wir könnten auch für Max Geld sammeln gehen", schlug Sabine vor. „Wenn's hart auf hart käme, würde ich das tun."

Max erholte sich sichtlich. Er fraß gut, nahm langsam zu und kam jeden Tag auf die Weide. Dort lief er mittlerweile auch ab und zu unbeholfen herum; er galoppierte schwerfällig neben den anderen Pferden am Zaun entlang und buckelte sogar. Seine Bewegungen waren steif und ziemlich ungelenk, aber man sah ihm deutlich an, dass er sich wohl fühlte. Grauchen war zu ihrem gescheckten Freund in die Box gezogen, sie schlief in seiner Krippe und ging erfolgreich auf Mäusefang. Mehrere Male hatte sie Cornelia schon eine fette Maus als Geschenk gebracht. Nur mit Janosch vertrug sich die graue Katze nicht. Sobald sich der Hund ihr näherte, fauchte sie drohend, machte einen Buckel und ergriff dann die Flucht. Sie wehrte sich erbittert, wenn Janosch spielen wollte. Einmal hatte sie ihm sogar mit ihren scharfen Krallen einen warnenden Hieb versetzt, als er sie freundlich beschnuppern wollte. Aufheulend war der große Hund zu Cornelia gerannt.

„Du musst die Graue in Ruhe lassen“, sagte die junge Frau und gab etwas Salbe auf Janoschs Nase. „Nicht jeder will mit dir spielen, hörst du?“ Da legte Janosch den Kopf schief und sah Cornelia an, als hätte er jedes Wort verstanden.

Sabine ahnt Schlimmes

„Sie wollen Max abholen?“, rief Sabine erschrocken.

„Vor zwei Stunden haben sie angerufen“, wiederholte Cornelia. „Eine Frau Schulters, die Nichte von Konrad Huber.“

„Ist ihm das denn recht?“ Sabine war entsetzt.

Cornelia sah sie ernst an. „Er versteht nicht einmal, dass er jetzt im Krankenhaus ist. Das wird sich vielleicht später wieder ändern, aber jetzt ist er nicht ansprechbar."

Sabine sah zur Koppel hinüber, wo Max unter dem Apfelbaum graste. Wer war diese Frau Schulters? Kannte sie sich mit Pferden aus? Wusste sie, was es bedeutete, ein so altes Pony wieder aufzupäppeln? Es ging Max zwar besser, er hatte zugenommen, aber noch immer bedurfte er besonderer Pflege und Zuwendung. Es würde Monate dauern, bis er sich wieder ganz erholt hatte. „Und warum will sie Max haben?", fragte Sabine aufsässig. „Ist sie denn die neue Besitzerin?"

„Margarete Schulters hat eine kleine Tochter", erwiderte Cornelia, „und die möchte sehr gern ein Pony haben! Wie so viele kleine Mädchen. Das solltest du doch wissen! Max kommt ihnen gerade recht!"

„Verstehen die Schulters denn etwas von Pferden?"

„Ich fürchte nicht. Am Telefon klang es zumindest nicht so. Margarete Schulters hat noch nie ein Pferd besessen oder versorgt. Sie hatte vor, das Pony bei einem Nachbarn, der Schafe hält, unterzustellen. Und Annette, ihre Tochter, will unbedingt reiten!"

„Reiten!“, empörte sich Sabine. „Hast du ihr nicht klargemacht, dass Max dazu viel zu schwach ist?“

„Ich habe es versucht. Viel ist dabei leider nicht herausgekommen!“, antwortete Cornelia bedrückt.

„Und wann ...“ Sabine stockte. Sie schluckte heftig und sprach erst nach einer Pause weiter. „Wann wird er abgeholt?“

„Morgen früh“, sagte Cornelia leise. „Ich habe auch kein gutes Gefühl bei der Sache, aber die Schulters’ sind im Recht. Wir haben keinen Anspruch auf das Pony.“

Sabine war verzweifelt. Keinen Anspruch! Warum hatten immer nur die Menschen Anspruch auf Tiere? Wer fragte Max? Hatte der kleine Schecke nicht auch einen Anspruch? Auf ein pferdegerechtes Leben, auf Zuwendung, sachgemäße Pflege und Liebe? Er war doch kein Gegenstand, den man einfach hin- und herschieben konnte! Max hatte eine schlimme Zeit hinter sich, es war so wichtig, dass er einen ruhigen, guten Platz bekam. Und dass er ihn auch behielt. Und ob er bei Margarete Schulters in gute Hände kam, war ungewiss.

„Können wir denn gar nichts für ihn tun?“ Sabines Stimme war heiser. „Es muss doch eine Möglichkeit geben, ihn hier zu behalten!“

„Jetzt nicht. Natürlich werde ich zu ihm fahren und sehen, wie es ihm in seinem neuen Zuhause geht. Wenn er nicht ordentlich versorgt wird, können wir immer noch den Tierschutzverein informieren. Aber dafür müsste es schon triftige Gründe geben. Einfach so unternehmen die nichts. Das können sie gar nicht."

Am nächsten Tag fuhr Sabine sofort nach der Schule auf den Ponyhof. Sie musste einfach dabei sein, wenn Max abgeholt wurde. Sie wollte sich Margarete Schulters und ihre Tochter genau ansehen. Und vielleicht, vielleicht überlegten sie es sich ja noch anders, wenn sie Max sahen, und wenn ihnen klar wurde, dass er kein hübsches Prachtpony war, mit dem man angeben konnte.

Cornelia hatte Max eine Extraportion Mash gekocht und das Rezept für seine neuen Besitzer aufgeschrieben. Der kleine Wallach würde dieses Gemisch noch längere Zeit als tägliches Beifutter brauchen, damit er sich weiter erholte.

Sabine nahm den Eimer mit dem Gemisch und brachte es Max auf die Weide. Noch hatten sie ihn nicht mit den anderen Pferden zusammengebracht; Cornelia hatte damit warten wollen, bis Max kräftiger war. Jedes neue Pferd musste sich seinen Platz in der Rangordnung der Herde erobern, und dazu brauchte es Durchsetzungsvermögen und genug Energie, um Scheingefechte und kleine Rangeleien auszutragen. Das alles war noch zu früh für das schwarzweiße Pony. Aber Max hatte die anderen Pferde über den Zaun hinweg kennen gelernt.

Schade, dachte Sabine, nun kommt er gar nicht mehr zu der Herde. Es hätte ihm bei ihnen gefallen. Jetzt kam er zu Schafen! Schafe waren natürlich besser als gar keine Gesellschaft, aber es waren eben Schafe und keine Pferde.

Max kam mit freudigem Brummeln heran, als er Sabine kommen sah. Er liebte Mash und senkte eifrig das Maul in den Eimer, sobald Sabine ihn abgestellt hatte. „Lass es dir schmecken, mein Kleiner", sagte sie und fuhr ihm durch die dichte Mähne. In der kurzen Zeit, die er jetzt auf dem Hof war, hatte sie ihn sehr lieb gewonnen. Vielleicht waren alle ihre Sorgen ja unbegründet... Wenn es nur so wäre! Aber Sabine war fest davon überzeugt, dass Max es nicht mehr so gut wie auf dem Ponyhof haben würde. Sie stand bei ihm und streichelte ihn sanft, während er sein Futter fraß. Erst als er auch den letzten Rest aus dem Eimer geschleckt hatte, stieß er ihn um und sah Sabine an, als wolle er noch mehr haben. „Zuviel auf einmal tut dir nicht gut", erklärte sie ihm. Dann setzte sie sich ins Gras und sah Max zu, der wieder zu grasen begann. Plötzlich begann Janosch wie wild zu bellen. Mit einem Satz war Sabine auf den Beinen. Sie waren da!

Eine Frau mit halblangen, blonden Haaren stieg aus einem roten Ford. Ihre kleine Tochter sprang aufgeregt auf und ab. „Wo ist mein Pony?“, rief sie und machte einen Hüpfer nach dem anderen.

Erbost starrte Sabine sie an.

Cornelia begrüßte Margarete Schulters und ihre Tochter und stellte auch Sabine vor. Obwohl Sabine eigentlich wütend auf die Frau war, die Max fortholen wollte, musste sie doch zugeben, dass sie einen sehr netten Eindruck machte. Annette, das kleine Mädchen, war so begeistert von „ihrem“ Pony, dass sich Sabines Widerstand allmählich legte. Die Kleine lief zum Koppelzaun und sah Max an. „Bitte!“, piepste sie. „Ich möchte zu ihm!“

Da ging Cornelia mit Annette über die Weide zu dem kleinen Schecken. Das Mädchen strahlte, während ihre Kinderhände über Max’ Hals strichen. „Er ist so lieb! Und er gehört jetzt ganz allein mir?“

Ihre Mutter nickte. „Er ist dein Pony! Wir müssen nur Papa noch gut zureden ...“ Dann erzählte sie Cornelia, dass ihr Mann wenig für Pferde übrig hatte. Er wollte das Pony eigentlich nicht nehmen und fand, dass seine Tochter erst reiten lernen sollte, bevor sie ein Pony bekäme.

„Damit hat er nicht unrecht", gab Cornelia zu bedenken. „Zum Reiten ist Max nun auch viel zu schwach. Er wird Monate brauchen, um wieder ganz gesund zu werden. Und wir wissen gar nicht, ob er überhaupt eingeritten ist. Manche Ponys werden nur gefahren, aber niemals als Reitpony ausgebildet!" Zu gern hätte sie die fremde Frau gebeten, Max doch bei ihr zu lassen.

„Wir haben Konrad im Krankenhaus besucht", meinte Margarete Schulters, „und versucht, ihn zu fragen, ob Max jemals geritten wurde. Aber er ist immer noch sehr krank. Ich glaube, er hat gar nicht verstanden, was wir von ihm wollten!" Sie lächelte Cornelia an. „Aber keine Sorge, Max wird es gut bei uns haben! Ein Nachbar kennt sich mit Pferden aus, und wenn mein Mann das Pony erst einmal sieht, wird er sich schon an das Tier gewöhnen. Er ist halt ein Stadtmensch, der ohne Tier aufgewachsen ist. Aber so ein Pony, das muss man doch einfach gern haben! Ich finde es wichtig für Kinder, ein Tier zu haben. Da lernen sie Verantwortung zu übernehmen und sich um ein Lebewesen zu kümmern. Jeden Tag, ob man nun Lust hat oder nicht!"

Das kann man auch mit einem Hamster oder einem Meerschweinchen lernen, hätte Sabine am liebsten gesagt. Aber sie sagte es nicht. Sie wollte Cornelia nicht verärgern.

Gern ging Max auch diesmal nicht in den Hänger. Auf seiner Weide gefiel es ihm.

„Warum will er denn nicht mitkommen?", fragte das kleine Mädchen enttäuscht. „Ich hab schon ein Schild für seinen Stall gemalt, mit seinem Namen drauf!"

„Er weiß ja gar nicht, wo es hingeht", sagte Cornelia. Sie erklärte Annette, dass viele Pferde nicht gern im Transporter fuhren, und dass es schwierig für sie war, das Gleichgewicht zu halten.

„Wir werden sehr vorsichtig fahren", versprach Annettes Mutter.

Mit Hafer und gutem Zureden gelang es Sabine und Michaela doch endlich, Max zu verladen. „Mach's gut, Kleiner!", flüsterte Sabine und strich Max zum letzten Mal über die struppige Mähne.

Ehe sie abfuhren, gab Margarete Schulters Cornelia ihre Adresse und Telefonnummer. „Kommen Sie doch mal zu uns und besuchen Sie Ihren Schützling", sagte sie freundlich. „Wir werden auch wiederkommen und nach Konrad sehen, sobald es ihm besser geht. Wir können ihn zwar nicht zu uns nehmen, aber vielleicht kommt er in ein Seniorenheim ganz in der Nähe."

Sabine und Cornelia winkten dem Anhänger mit Max nach, bis sie nur noch die Schlussleuchten sehen konnten. „Die Frau ist ganz sympathisch", meinte Cornelia. „Bei ihnen wird Max es wohl gut haben. Und ich werde mich davon überzeugen!“

„Hoffentlich“, flüsterte Sabine. Sie war sicher, dass Max es nirgends so gut haben konnte wie auf dem Ponyhof Kleines Hufeisen.

In den nächsten Tagen dachte Sabine sehr oft an den kleinen Schecken, aber da gab es noch etwas, das ihre Aufmerksamkeit in Anspruch nahm: der große Tagesritt!

Es gab eine Menge Vorbereitungen zu treffen: Das gesamte Lederzeug musste gründlich durchgesehen und geputzt werden. Ein brüchiger Steigbügelriemen oder Zügel konnten bei einem normalen Ritt schon gefährlich sein, besonders bei einem Tagesritt aber sollte die Ausrüstung einwandfrei sein. Auch die Pferde wurden etwas mehr geritten und die Hufe genau nachgesehen. Die Hufeisen mussten gut sitzen, sie sollten keinesfalls locker sein, kein Nagel durfte fehlen.

Zwei Tage vor dem großen Ritt machten alle Teilnehmer einen Proberitt. Jeder sollte nun schon das Pferd reiten, das er auch auf dem Tagesritt nehmen würde: Sabine ritt den Schecken Skjoni, Michaela durfte Glofaxi nehmen, Stefan kam auf Gustav, Katrin auf Melissa, und die Geschwister Franz und Marei nahmen die Haflinger. Cornelia ritt Wolkenmähne. Für die nervöse Stute würde der Ritt eine Art Bewährungsprobe werden. Sie war noch nie gemeinsam mit allen Pferden einen ganzen Tag lang unterwegs gewesen, in unbekanntem Gelände, mit unvorhergesehenen Ereignissen. Sie würde Straßen überqueren und über Brücken gehen müssen. Einige Pferde und der braune Sörli kamen nicht mit. Sörli hatte vor ein paar Tagen gelahmt und sollte noch nicht wieder geritten werden.

Gemeinsam radelten Katrin und Sabine zum Ponyhof. Der Proberitt sollte über vier Stunden gehen, bis in den späten Nachmittag hinein. Hoffentlich würde das Wetter gut bleiben, vor allem trocken. Das Laub der Obstbäume begann sich bereits zu färben. Es war ein sonniger Tag im Frühherbst, aber hinter den Bergen türmten sich dunkle Wolken auf. Ob die Wetterfront sich verziehen oder näher kommen würde?

Sabine sah die Pferde auf der Koppel stehen. Sie fraßen das letzte Gras, so als wüssten sie, dass es bald nur noch Heu geben würde. Die Zugvögel sammelten sich, um in den warmen Süden zu fliegen, die Maisfelder waren abgeerntet, es gab sogar schon die ersten Kartoffelfeuer.

„Wir haben ja unser Regenzeug dabei", sagte Sabine zu Katrin, als sie fast auf dem Hof waren.

Katrin schnitt eine Grimasse. „Regenzeug",

rief sie. „So habe ich mir unseren Ausritt nicht vorgestellt! Das ist ungemütlich!"

Sabine antwortete nicht. Natürlich ritt auch sie lieber im Sonnenschein, aber sie fand es nicht so schlimm, einmal nass zu werden. Für sie gehörte Regen mit dazu, wenn man die Pferde versorgte, ausmistete und draußen in der Natur war, auch bei nicht so gutem Wetter. Katrin dagegen ritt lieber in der Halle, sie wurde nicht gern schmutzig oder nass, und Ausmisten war ihrer Meinung nach eine Arbeit für Stallhelfer. Katrin war eine ehrgeizige Reiterin. Sie wollte auf Turniere gehen und dort ihr Können unter Beweis stellen, während Sabine in ihrer Freizeit lieber mit einem Isländer durch den Wald töltete. Die Freundinnen hatten sich schon oft wegen dieser verschiedenen Interessen gestritten. Mittlerweile versuchten die Mädchen nicht mehr, sich von ihren entgegengesetzten Ansichten zu überzeugen; sie versuchten, sich auf das Gemeinsame zu konzentrieren. Beide liebten sie Pferde, jede auf ihre Weise.

„Da seid ihr ja!", rief Stefan den Mädchen zu und winkte mit den Halftern. Gemeinsam gingen sie zur Koppel und holten ihre Pferde. Bald darauf kamen auch Michaela und die Geschwister an, und endlich waren alle Reiter versammelt. Sie putzten ihre Pferde sorgfältig, kratzten die Hufe aus und bürsteten Mähne und Schweife, bis sie glänzten. Cornelia ermahnte alle, ordentlich zu satteln und half ihnen, die Packtaschen richtig zu befestigen. Heute waren die Taschen noch leer, aber Pferde und Reiter sollten sich an sie gewöhnen, ebenso wie an das zusammengerollte Regenzeug hinter den Sätteln. Sabine räumte gerade das Putzzeug weg, als die Graue unruhig aus dem Stall kam. „Sie sucht Max immer noch“, dachte Sabine. Die graue Katze tat ihr Leid. Seitdem der Schecke abgeholt worden war, fand Grauchen keine Ruhe mehr. Sie schlief weiterhin in der Krippe seiner Box und lief rastlos über den Hof, als ob sie ihren Freund suchte. Einmal war sie sogar auf Skjoni zugegangen, aber dann war sie doch wieder umgedreht und davongelaufen.

„Sie tut mir richtig Leid“, sagte Cornelia. „Zuerst holen wir sie von ihrem Hof weg, und dann verliert sie ihren Freund!“ Die junge Frau sah der grauen Katze nach, die mit einem geschmeidigen Satz im Heuschober verschwand. „Seid besonders nett zu Grauchen“, bat sie die Reitschüler. „Redet mit ihr, wenn ihr sie seht und nehmt euch Zeit für sie. Die Katze braucht jetzt Ansprache und Aufmerksamkeit!“ Sie warf einen Blick zum Himmel, der noch tiefblau war. „Lasst uns losreiten!“ Sie setzte den Fuß in den Steigbügel. „Wir wollen ja nicht unbedingt nass werden, oder?“

Eine Zeit lang ritt die kleine Gruppe am Waldrand entlang. Sabine mochte den Schecken sehr, sie ritt neben Katrin, die auf der Schimmelstute Melissa saß. Der Wind war kühl und erfrischend, es roch schon nach Herbst, nach moderndem Laub und reifem Obst. Nun würde auch bald die Zeit der Jagden beginnen. Sabine mochte gar nicht daran denken. Die Rehe würden scheu werden, und man musste beim Reiten die Dämmerung meiden, um den Jägern das Wild nicht zu vertreiben oder gar versehentlich getroffen zu werden. Cornelia hatte ihnen erzählt, dass das Wild sich ohne natürliche Feinde stark vermehrt, und dass schonende Jagd nötig war, um den Wald vor Verbiss zu schützen und das Wild vor dem Verhungern zu bewahren. Aber trotzdem, Sabine mochte die Jagdzeit nicht. Sie bedeutete immer den Tod von Tieren.

„Antraben!“, rief Cornelia.

Sabine saß tief ein; sie nahm die Zügel etwas auf, und schon begann Skjoni zu tölten. Sabine liebte diese Gangart, sie begriff nicht, dass Katrin lieber trabte. Der sanfte Viertakt des Tölts war so weich, es war nicht nur ein angenehmes Gefühl, sondern auch schonend für den Rücken. Neben ihr trabte Katrin auf Melissa leicht. Sie konnte das gut, und fand es auch auf längeren Strecken nicht anstrengend, aber Sabine hätte nicht mit ihr tauschen mögen. Sie genoss es einfach, zu reiten, gar nicht dabei zu denken, sondern nur ihr Pferd unter sich zu spüren, seine Bewegungen zu fühlen und den eigenen Körper weich mitschwingen zu lassen. Skjoni kaute zufrieden am Gebiss, seine dichte Mähne wippte im Takt seiner Schritte, die Ohren spielten aufmerksam. So hätte Sabine ewig reiten mögen, unter dem herbstlichen, dunkelblauen Himmel und den weißen Wolken. In der Ferne sah man deutlich die Berge, eine kleine Kapelle war zu erkennen, sowie die Seilbahn, die auf die Kampenwand führte.

Nun bog der Weg vom Wald ab und führte zwischen Weiden hindurch. Cornelia gab das Zeichen zum Schritt, links vor ihnen graste eine Herde Jungrinder. Sabine wusste, dass Wolkenmähne sich noch immer nicht richtig an Kühe und Rinder gewöhnt hatte, besonders nicht an Jungtiere, die plötzlich übermütig davonsprangen. Glofaxi ging neben Wolkenmähne, er gab der Stute Sicherheit. Die Rinder standen dicht zusammengedrängt da und starrten den Reitern entgegen. Mit einem Mal löste sich eine junge Kuh aus der Gruppe und lief auf die Pferde zu, gefolgt von den anderen Rindern. Sabine hielt unwillkürlich den Atem an. Die näher kommenden Tiere waren neugierig.

Rechts und links von ihnen war Stacheldraht, Wolkenmähne hatte keine Möglichkeit, auszuweichen. Sabine sah, wie die erdfarbene, kleine Stute mit dem silberweißen Schweif zu tänzeln begann, wie sie leicht stieg und rückwärts ging, genau auf Lauser zu. Der Haflingerwallach legte die Ohren an, er ließ sich nur sehr ungern bedrängen. Kurz entschlossen sprang Cornelia aus dem Sattel und streifte Wolkenmähne die Zügel über den Kopf.

Mit dumpfem Muhen waren die Rinder am Zaun angelangt und kamen mit rutschenden Hufen zum Stehen.

„Siehst du, sie tun dir gar nichts", beruhigte Cornelia die nervöse Stute. Sie ließ Michaela mit Glofaxi näher an das Vieh heranreiten und führte Wolkenmähne ruhig neben dem Schimmelwallach her. Mit kurzen, zögernden Schritten ging die Stute auf die Rinder zu, aber als sie sah, wie ruhig Glofaxi war, traute sie sich auch bis an den Zaun. Beinahe berührten sich die Rinder und die Pferde mit den Nasen über den Zaun hinweg. Dann aber wurde das Ganze den Jungrindern unheimlich; sie machten wie auf Befehl kehrt und rasten mit hochgestellten Schwänzen davon.

Cornelia lobte Wolkenmähne und führte sie noch ein Stück. „So kann weniger passieren! Nur keinen falschen Ehrgeiz!" Sie lachte. „Denkt bitte nicht, dass ihr um jeden Preis im Sattel bleiben müsst! Und eigentlich könntet ihr alle mal absteigen und eure Pferde ein Stück führen. Auf langen Ritten tut das den Tieren gut!"

Katrin war zwar nicht begeistert darüber, aber sie stieg auch ab. Michaela dagegen zwinkerte Sabine zu: „Wenn das mein Vater sehen könnte!“

Sabine kicherte. Sie wusste noch gut, wie empört Vater Scherer das Spazierengehen mit dem Pferd abgelehnt hatte. Er habe seiner Tochter schließlich ein Pferd und keinen Hund gekauft... Seitdem hatte sich so viel geändert. Michaela gehörte jetzt zu der Reitgruppe des Ponyhofs Kleines Hufeisen, sie war keine eingebildete Außenseiterin mit einem teuren Privatpferd mehr, die nicht mithelfen wollte, sondern Sabines Freundin und gute Reitkameradin geworden.

„Kinder! Die Bügel hochschlagen!“, rief Cornelia.

„Sternchen hat aber gar keine Angst vor den Bügeln!“, rief Marei. Und das stimmte – die Haflingerstute störte sich kein bisschen an den baumelnden Steigbügeln.

„Ich weiß.“ Cornelia nickte. „Alle meine Pferde sind gut ausgebildet, sodass sie nicht davor scheuen. Aber sie könnten nach einer Bremse treten und sich dabei mit dem Huf im Steigbügel verfangen. Das ist gefährlich! Da kann ein Pferd böse stürzen und sich schwer verletzen. Ganz abgesehen vom Sattel, der dabei auch beschädigt werden kann! Ihr wisst, wie teuer Sättel sind!“

Eine Zeit lang führten alle ihre Pferde. Sabine machte das nichts aus, sie ging gern neben Skjoni her. Sie fand, dass man sich nicht immer tragen lassen musste. Skjoni war ihr Freund, er hatte eine Pause verdient. „Wenn wir alle so stark wären wie Pipi Langstrumpf, könnten wir unsere Pferde ja zur Abwechslung mal tragen, anstatt sie uns!“, sagte sie lachend zu Michaela.

„Stell dir das mal ganz deutlich vor: Eine Gruppe von Reitern, die alle ihre Pferde tragen!“ Michaela lachte los, und es dauerte eine Weile, bis sich die Mädchen beruhigt hatten.

Nach einer Weile stiegen sie wieder auf. Der Himmel bezog sich, ein kalter Wind fuhr durch die Bäume. Schon konnten sie die Berge kaum noch sehen, vom Chiemsee her erklang warnend eine Sirene.

„Sturmalarm! Nun reiten wir auf Tempo!“ Cornelia stellte sich in die Bügel und galoppierte Wolkenmähne an. Eine Windbö fuhr in die silberweiße Mähne der Stute und bauschte sie auf.

Sternchen wieherte hell, in der Ferne grollte der erste Donner. Das nahende Unwetter machte die Pferde unruhig. Skjoni kämpfte gegen den Zügel an und wollte sich an Melissa vorbeidrängen. Sabine klopfte ihm beruhigend den Hals und gab immer wieder Paraden. Sie wollte nicht am Zügel ziehen, immer wieder hatte Cornelia ihre Schüler davor gewarnt: Die Pferde konnten sich aufs Gebiss legen und dann durchgehen. Skjoni nahm allmählich die Hilfen seiner Reiterin an und gab seine Überholmanöver auf. Schnell blickte Sabine zu Michaela hinüber. Das schmale Mädchen hielt sich gut. Tief auf die Mähne ihres Schimmels geduckt, jagte sie dahin. Und Glofaxi war ja eine „Lebensversicherung auf vier Beinen“, wie Cornelia einmal gesagt hatte. Er dachte nicht daran durchzugehen, sondern hielt gut mit den anderen Pferden mit, ohne in Panik zu geraten.

Am Ende der Galoppstrecke hob Cornelia die Hand. Das war für alle Reiter das Zeichen, ihre Pferde durchzuparieren.

„Jetzt geht es im Schritt nach Hause, damit die Pferde sich abkühlen!“, rief Cornelia. Sie achtete immer darauf, die Pferde langsam abzukühlen, sie niemals erhitzt in den Stall oder auf die Weide zu bringen. Pferde, die dort nachschwitzen, können sehr leicht krank werden – und das Wohl ihrer Pferde war für Cornelia das Wichtigste. Es begann leicht zu regnen, zuerst nur ein paar Tropfen, dann immer stärker. Die Reiter banden ihre Regenmäntel los und zogen sie an. Wolkenmähne tänzelte, das raschelnde Material regte sie auf. Die Regenmäntel waren groß, sie reichten bis über die Knie und schützten den gesamten Sattel vor Nässe. Eine Reithose trocknete ja schnell, aber das Leder des Sattels brauchte Tage, bis es wieder richtig trocken war. Sie waren nur noch ein paar hundert Meter vom Ponyhof Kleines Hufeisen entfernt, als es heftig zu regnen begann. Doch Cornelia trabte nicht an, sie ließ die Pferde im strömenden Regen bis zum Stall gehen. Sabine hatte den Eindruck, dass die Pferde gern durch den Regen gingen, ihre Leiber dampften, bestimmt tat ihnen die Abkühlung nach dem scharfen Ritt gut. Vor dem Stall saßen sie ab. Ein Windstoß fuhr durch den alten Birnbaum und trieb einen ganzen Schwung wirbelnder Blätter herunter. Herbst! Mit einem Mal war Sabine kalt. Der Sommer war vorbei!

*D*er Tagesritt

„Die Pferde lassen wir über Nacht im Stall", kündigte Cornelia an. „Heute wird es kalt werden, und da können sie nicht mehr richtig trocken werden, ehe es dunkel wird."

Die Kinder sattelten im Stall ab. Draußen rauschte gleichmäßig der Regen, das Unwetter hatte sich verzogen.

Sabines Gedanken wanderten zu Max. Wie mochte es dem Kleinen gehen? Hatte er eine gute Box? Einen Unterstand, der ihn vor Sturm und Regen schützte? Wurde er gut gefüttert und versorgt? Sorgfältig rieb sie Skjoni trocken, dann brachte sie ihn in eine Box, die dick mit sauberem

Stroh eingestreut war. Erst als alle Pferde gefüttert und versorgt waren, gingen die jungen Reiter ins Haus.

„Wie wäre es mit einem warmen Tee?“ Da brauchte Cornelia nicht zweimal zu fragen. Draußen zog dichter Nebel auf, die Bäume troffen vor Nässe, und es wurde langsam dunkel.

„Hoffentlich haben wir bei unserem Ritt nicht so ein Wetter“, meinte Katrin und starrte in den Regen hinaus.

„In den Nachrichten wurde gesagt, dass es noch mal richtig schön warm werden soll“, verkündete Stefan. „Bis zum Winter ist noch Zeit!“

„Mein Opa sagt es auch“, rief Marei. „Er hat den Hundertjährigen Bauernkalender und darin steht, dass wir noch einen schönen Altweibersommer kriegen! Wir werden noch baden gehen können!“

Baden! Sabine hatte eine Idee. „Wir könnten mit den Pferden schwimmen gehen! Das wäre doch toll!“

„Schwimmen? Mit den Pferden?“ Marei kriegte große Augen. „Hast du das schon mal gemacht?“

Cornelia kramte im Bücherregal und holte ein großes Fotoalbum heraus. Bald saßen alle um den Tisch und sahen Fotografien an.

„Da ist Glofaxi!“, rief Michaela und deutete auf das Bild des Islandschimmels.

Cornelia zeigte ihnen Bilder von ihren Pferden, als sie noch Fohlen waren, und da gab es auch Fotos, auf denen sie in einem See schwammen. Sie sahen nur die Köpfe der Pferde, ihre Reiter hielten sich an der Mähne fest oder schwammen neben den Tieren.

„Ist das schwierig?“, fragte Katrin interessiert.

„Nein, man muss nur aufpassen, dass man über dem Pferd schwimmt und nicht getreten wird. Und selbstverständlich müssen die Pferde den Kopf frei haben!“, erwiderte Cornelia.

„Das ist ganz wichtig“, betonte Stefan. „Ich habe einmal von einem Pferd gehört, das ertrunken ist!“

„O nein!“ Sabine sah den jungen Mann erschrocken an. „Dann sollten wir es lieber lassen! Ich dachte nicht, dass das Schwimmen mit Pferden gefährlich wäre!“

„Ist es auch nicht“, beruhigte Stefan sie, „man muss es nur richtig machen. Das Pferd war noch an Land, auf Trense mit einem engen Martingal gezäumt. Es hatte Angst und wurde angetrieben – da ist es auf einmal mit einem großen Satz in tiefes Wasser gesprungen. Mit dem Martingal konnte es aber den Kopf nicht hochnehmen und ist ertrunken. Mein Großvater hat mir das oft erzählt!“

„Schrecklich!“ Cornelia schüttelte den Kopf. „Ich verwende grundsätzlich keine Martingals!“, sagte sie zu Stefan.

„Martingal?“ Marei wusste nicht, was das war.

Cornelia erklärte ihr, wie ein Martingal verschnallt wurde, und was es bewirkte. „Natürlich sollen Pferde den Kopf nicht zu hoch nehmen“, sagte sie, „aber warum tun sie es denn? In den meisten Fällen doch nur, weil der Reiter eine zu harte Hand hat und ihnen im Maul reißt. Anstatt dass der Reiter an sich arbeitet und etwas lernt, wird eben ein Martingal eingeschnallt, damit dem Pferd der Kopf nach unten gezwungen wird!“ Cornelia hatte sich heiß geredet und holte tief Luft. „Bei mir gibt es das nicht! Ich frage immer zuerst, ob *ich* etwas falsch mache, ehe ich dem Pferd die Schuld gebe. Fast immer ist es nämlich der Reiter, der sein Verhalten ändern sollte. Ihr wisst alle, dass es verrittene Pferde gibt, die schlechte Angewohnheiten entwickelt haben, aber auch das ist immer die Schuld der Ausbilder. Kein Pferd kommt verritten auf die Welt!“

Sabine lächelte. Das war echt Cornelia! Deshalb fühlte sie sich auf dem Ponyhof so wohl – weil hier gut und sensibel mit den Pferden umgegangen wurde. Cornelia jagte sie nicht von Reitstunde zu Reitstunde, um möglichst viel Geld herauszuholen. Sie schonte ihre Pferde, dachte immer zuerst an das Wohlergehen der Tiere. Sie war geduldig mit ihnen und gab sehr guten Reitunterricht. Niemals schrie sie herum, selten wurde sie ungeduldig.

Sabine dachte an einen ihrer früheren Reitlehrer. Wie der immer herumgebrüllt hatte, mit den Schülern und auch mit den Pferden. Die Schüler waren endlich weggeblieben, und die Pferde waren völlig abgestumpft gewesen. Sabine war der Unterricht verleidet gewesen, fast wäre ihr der Spaß am Reiten vergangen. Es war gut, dass es nicht überall so roh zuging, dass es Reitschulen gab wie den Ponyhof Kleines Hufeisen, wo Menschen und Pferde mit Respekt behandelt wurden.

Der hundertjährige Kalender behielt Recht: Es wurde wieder richtig warm. Es war, als ob der Sommer den Herbst noch einmal verdrängen wollte; die Sonne schien strahlend und ließ die bunten Blätter aufleuchten. Auch für den Tag des großen Rittes war gutes Wetter angesagt.

„Nimmst du wirklich deine Badesachen mit?" Katrin stand bei Sabine im Zimmer. Die Mädchen wollten gemeinsam zum Ponyhof fahren. Es war noch früh, sie wollten ihre Pferde in Ruhe vorbereiten. In der letzten Zeit hatten sie regelmäßig trainiert.

Entschlossen faltete Sabine ihr Handtuch zusammen. „Ich will mit den Pferden ins Wasser! Sicher ist der Stettner See noch nicht sehr kalt. Helga und Vera waren dort erst vor ein paar Tagen zum Baden!"

„Also, ich warte ab“, meinte Katrin. Für abenteuerliche Unternehmungen, bei denen man womöglich fror, war sie nicht so leicht zu begeistern. „Reiten wir denn überhaupt zu einem See?“

Sabine nickte. Katrin hatte eine Besprechung mit Cornelia verpasst und wusste daher den Weg noch nicht ganz genau. „Wir werden dort Mittagspause machen. Michaelas Eltern kommen mit dem Auto hin und bringen alles mit, was wir nicht in unsere Packtaschen kriegen. Du wirst sehen, es wird bestimmt ganz toll werden!“

Die Sonne schien, und es war kein Wölkchen am Himmel zu sehen, als die Freundinnen auf dem Ponyhof ankamen. Janosch begrüßte sie mit freudigem Gebell, und Cornelia winkte ihnen von der Sattelkammer aus zu. Sie trug Grauchen auf dem Arm. Die Katze liebte das zuweilen, auf Cornelias Arm war sie auch vor Janosch in Sicherheit. Sie fauchte ihn zwar immer noch an, aber nicht mehr so wild wie noch vor ein paar Wochen. Wenn die Graue genug Zärtlichkeit bekommen hatte, sprang sie von Cornelias Arm und ging ihrer Wege. Sie schlief auch weiterhin in Max’ ehemaliger Futterkrippe, fast so, als hoffte sie darauf, dass ihr Freund eines Tages doch zurückkäme. Auch Sabine dachte oft an das schwarzweiße Pony. Sie hatte Max sehr gern gehabt, und sie vermisste ihn oft. Das hatte nichts damit zu tun, dass sie auch Michaelas Stute Wolkenmähne sehr liebte und sie mitversorgte.

Mit den Halftern in der Hand gingen Katrin und Sabine zur Koppel, jede sollte zwei Pferde auf den Hof bringen. Sabine wollte Glofaxi und Wolkenmähne nehmen, Katrin die Haflinger.

Wolkenmähne schnaubte freudig und rieb ihren Kopf an Sabines Schulter, als sie die Mädchen sah. Die dunklen Augen der Stute schimmerten warm und vertrauensvoll, sie waren nicht mehr so angstvoll aufgerissen. Wolkenmähne wusste, dass sie hier auf dem Hof gut behandelt wurde, dass sie keinen Grund mehr hatte, vor den Menschen davonzulaufen. Bereitwillig ließ sich die erdbraune Stute das Halfter anziehen und ging neben Glofaxi mit zum Hof.

„Heute geht es auf unseren großen Ritt, meine Kleine“, flüsterte Sabine der Islandstute ins Ohr und strich liebevoll über Wolkenmähnes weiße Mähne.

Als sie auf dem Hof ankamen, waren dort schon die meisten Teilnehmer des Tagesrittes versammelt. Marei und Franz gingen gerade los, um ihre Pferde von der Koppel zu holen, während die anderen schon zu putzen begannen. Vor dem Start ging Cornelia wie immer von einem zum anderen und prüfte den Sitz des Sattel- und Zaumzeugs. Da durfte nichts drücken oder falsch sitzen. „Hier musst du die Satteldecke herausziehen“, erklärte sie Michaela. „Es ist wichtig, dass die Luft unter dem Sattel zirkulieren kann, um das Überhitzen des Pferderückens zu vermeiden. Ein Wärmestau unter dem Sattel kann zu Schwellungen und Satteldruck führen! Es ist wichtig, merk dir das bitte!“

Endlich war es so weit. Alle Pferde waren gesattelt, die Essensvorräte in den Packtaschen verstaut, die Hufe sorgfältig ausgekratzt. Cornelia setzte den Fuß in den Steigbügel und stieg in den Sattel. „Können wir losreiten?“, rief sie.

Sabine setzte sich im Sattel zurecht und nahm die Zügel auf. Katrin stellte ihre Steigbügel ein Loch kürzer, und als alle noch einmal nachgegurtet hatten, ritten sie langsam vom Hof. Cornelia führte die Gruppe auf Wolkenmähne an, neben ihr ritt Stefan den großen braunen Gustav. Nach ihnen kamen Franz und Marei auf den Haflingern, gefolgt von Katrin auf der Schimmelstute Melissa und Michaela und Sabine auf ihren Isländern.

Janosch jaulte jämmerlich, als die Reiter den Hof verließen, und rannte in seinem Zwinger auf und ab. „Er würde so gern mitkommen“, sagte Michaela. „Warum muss der arme Hund nur immer zu Hause bleiben?“

Die gleiche Frage hatte Sabine Cornelia auch schon gestellt. „Er ist nicht als Reitbegleiter ausgebildet", erklärte sie jetzt ihrer Freundin. „Stell dir vor, was das für einen Ärger gibt, wenn er einem Reh nachjagt! Du willst doch nicht, dass der Jäger ihn erschießt, oder? Wenn Janosch bei Cornelia aufgewachsen wäre, wär's vielleicht was anderes!"

Sie redeten noch eine Weile über den Hund und waren sich schließlich einig, dass es für ihn besser war, auf dem Hof zu bleiben, auch wenn er das nicht mochte. Auf einem Ausritt musste Cornelia sich außerdem um die Pferde und ihre Reitschüler kümmern, da hatte sie nicht so viel Zeit für ihren Hund.

„Immerhin ist er nicht angekettet", meinte Katrin, die bisher schweigend zugehört hatte.

„Da hat es Janosch besser." Michaela nickte.

Stefan hatte ihm einen stabilen Zwinger gebaut, wo er auf einer Matte im Schatten des Birnbaums liegen konnte; bei schlechtem Wetter war er in der Hundehütte geschützt.

„Gern ist er dort aber auch nicht. Am liebsten ist er in Cornelias Nähe und schläft vor ihrem Bett", sagte Sabine.

„Aber er ist gut aufgehoben, bis wir wieder kommen und stellt keinen Unfug an! Das Wichtigste ist, dass er nicht angekettet ist. Kettenhunde werden mit der Zeit alle aggressiv. Ist ja auch kein Wunder!", stellte Katrin fest.

„Abteilung Trab!", rief Cornelia jetzt.

Sabine lehnte sich ein wenig im Sattel zurück, nahm die Zügel auf und ließ Skjoni antölten. Auf dem weichen Feldweg hörte sie das dumpfe Geräusch des Viertaktes beim Tölten. Die Bäume warfen Schatten über den Weg, und es roch würzig nach dem Grummet, das noch auf einigen Wiesen trocknete. Sabine sah zum Himmel empor. Er war ganz blau, fast ohne Wolken. Bestimmt würde das Wetter heute schön bleiben. Es wurde warm, das spürte Sabine, warm genug zum Baden. „Hast du dein Badezeug dabei?", fragte sie Michaela, die neben ihr ritt.

„Klar!" Ein leichtes Lächeln flog über Michaelas schmales Gesicht. „Ein bisschen komisch ist mir zumute, aber Glofaxi kann sehr gut schwimmen, sagte Cornelia!"

Michaela war richtig mutig geworden, fand Sabine. Sie traute sich schon viel mehr zu, der gutmütige Glofaxi gab ihr die Sicherheit, die sie beim Reiten brauchte. Und eines Tages würde sie auch ihr Pferd Wolkenmähne reiten können, denn die erdbraune Stute machte große Fortschritte und wurde immer ruhiger und zuverlässiger.

Auf einer kleinen Anhöhe legten sie die erste Rast ein. „Schlagt die Bügel über und lockert die

Sattelgurte“, erinnerte Cornelia die Anfänger in der Gruppe. „Und lasst die Pferde nicht fressen!“

Sabine wusste, dass die Pferde leicht unbekömmliche oder giftige Kräuter fressen konnten, oder dass sie auf einer Wiese grasten, auf der frischer Kunstdünger gestreut war. „Am besten, man gewöhnt seinen Pferden das Fressen unterwegs gar nicht erst an. So lange sie die Trense im Maul haben, gibt es nichts zu fressen, das müssen sie einfach wissen!“, erinnerte Cornelia die jungen Reiter.

Skjoni kannte diese Regel zwar, aber er versuchte gern, ab und zu etwas zu naschen. „Du Gauner!“, rief Sabine und zog seinen Kopf hoch. „Nachher kriegst du genug zu fressen, aber jetzt sollst du dich nur ausruhen!“ Der Schecke ließ ein ungehaltenes Brummeln hören, dann aber schloss er die Augen und schonte ein Hinterbein. Die anderen Pferde standen ruhig da und benahmen sich mustergültig, bis sie anfingen sich zu langweilen. Die Kinder redeten gerade vom Mittagessen, als Marei plötzlich aufschrie: „Halt! Halt! Hilfe!“

Mit wohligem Schnauben hatte Sternchen sich zu Boden sinken lassen und war im Begriff, sich genüsslich zu wälzen – mit ihrem Sattel!

Stefan drückte dem verblüfften Franz die Zügel seines Wallachs in die Hand und rannte zu Sternchen hinüber. „Wirst du wohl aufstehen!“, rief er laut und klatschte in die Hände.

Sternchen wollte sich eben herumrollen, hielt aber in der Bewegung inne, als sie Stefans energische Stimme hörte. Da lag sie und sah den jungen Mann mit erstaunt aufgerissenen Augen an. Das sah so komisch aus, dass die Mädchen lachen mussten. Sternchens unschuldsvoller Blick war umwerfend. Stefan nahm nun Sternchens Zügel und zog an ihnen. „Komm, steh auf! Dass du nur ja nicht deinen schönen Sattel zerquetschst! Das könnte dir auch wehtun!“

Sternchen zögerte einen Moment, aber dann gehorchte sie und rappelte sich wieder auf. Nachdem sie wieder auf den Beinen war, versuchte sie sich heftig zu schütteln. „Ich werde euch auch auslachen, wenn euer Pferd mal Quatsch macht!“, rief Marei wütend, weil alle lachten.

„Marei!“ Sabine beruhigte das kleine Mädchen. „Nun sei doch nicht gleich eingeschnappt! Wir lachen gar nicht über dich!“

„Sternchen hat ein so komisches Gesicht gemacht, das war alles“, erklärte Michaela.

„Wirklich?“ So ganz konnte Marei es nicht glauben. Franz verpasste nämlich keine Gelegenheit, sich über sie lustig zu machen, sie kannte das gar nicht anders.

„Ehrenwort.“ Sabine lächelte ihr so strahlend zu, dass Marei ihr schließlich glaubte. „Vielen Dank, Stefan“, sagte sie leise.

„Keine Ursache!“ Der Junge reichte ihr einen Striegel. „Na, dann säubere mal dein Pferd!“

„Du Ferkel!“, rief Marei, während sie Sternchens linke Seite säuberte, die voll Erde und Gras war.

„Ihr müsst gut auf die Pferde aufpassen“, meinte Cornelia. „Sobald ihr die ersten Anzeichen bemerkt, dass sie sich wälzen wollen, müsst ihr sie gleich ein paar Schritte führen. Da kann nämlich wirklich ein Sattel ganz schnell kaputtgehen. Der Sattelbaum bricht, und das war's dann. Da hilft keine Reparatur mehr!“

„Da hab ich ja noch mal Glück gehabt“, sagte Marei erleichtert. „Mach das nicht wieder, hörst du!“, sagte sie energisch zu Sternchen.

Die Haflingerstute sah sie aufmerksam an, als wüsste sie genau, was Marei meinte. Dann stupste sie das Mädchen mit ihren weichen Nüstern an.

„Natürlich bin ich dir nicht böse.“ Marei fuhr der Stute liebevoll über die Stirn. „Aber du hast mir einen ganz schönen Schrecken eingejagt! Ja, komm nur! Bist doch meine Beste!“ Bald darauf stiegen sie wieder auf und ritten weiter.

Cornelia deutete auf einen leicht ansteigenden Waldweg. „Hier können wir galoppieren“, schlug sie vor. „Aber bleibt bitte hintereinander!“ Sie warf Franz einen viel sagenden Blick zu. Der unternehmungslustige dunkelblonde Franz ließ

Lauser nämlich gern zu schnell werden und konnte ihn dann kaum noch halten. „Kein Wettrennen!“, ermahnte sie alle noch einmal. Dann ritt sie als Erste an und ließ Wolkenmähne in einen leichten Galopp fallen.

Sabine stellte sich in die Bügel und lehnte sich ganz weit vor. Vor ihr lief Melissa und hinter ihr Glofaxi. Skjoni wollte schneller werden, aber Sabine hielt ihn zurück. Die Hufe der Pferde trommelten über den Boden, mit wehenden Schweifen und Mähnen ging es den sanften Hügel hinauf. Der Boden schien nur so unter ihnen wegzufliegen. Skjonis Galoppsprünge waren weich und warfen Sabine fast gar nicht. Viel zu bald waren sie oben angekommen. Sabine wäre zu gerne noch galoppiert. Aber sie wusste auch, dass die Pferde ihre Kräfte sparen mussten, denn es lagen noch einige Kilometer vor ihnen.

„Das war toll!“ Michaelas Augen leuchteten. „Aber allmählich bekomme ich einen Bärenhunger!“

Sabine nickte heftig. „Ich auch! Wie weit ist es noch bis zu unserem Platz am See?“, fragte sie Stefan.

Er versicherte ihnen, dass es nicht mehr weit sei.

„Meinst du, das stimmt?“ Michaela war misstrauisch. „Stefan kennt sich hier doch noch gar nicht richtig aus, oder? Wo er dauernd von seinem Hof in Niedersachsen redet!“

„Er ist die ganze Strecke mit dem Moped abgefahren“, sagte Sabine. „Cornelia wollte genau wissen, wie viele Kilometer die Pferde laufen müssen. Sie wollte ganz sicher sein, ob alles noch so ist, wie es auf der Reitkarte eingezeichnet ist! Sie selbst ist hier auch schon geritten!“

„Dann ist's ja gut. Wenn wir noch lange reiten, falle ich vor Hunger vom Pferd!“

„Ich auch!“ Franz hatte Michaelas Bemerkung gehört und rieb sich die Magengegend.

„Fresser!“, rief Katrin zu ihnen herüber.

„Also traben wir das letzte Stück“, rief Cornelia, „damit wir nicht lauter reiterlose Pferde zu unserem Picknickplatz bringen.“

Michaelas Eltern waren schon da, als sie zu der Wiese am Seeufer kamen. Max Scherer hatte sogar schon ein kleines Feuer gemacht, und seine Frau war dabei, eine riesige Picknickdecke auf dem Boden auszubreiten.

„Während ihr die Pferde absattelt, baue ich den E-Zaun auf!“, rief Stefan. Im Auto waren Leichtmetallpfosten, Elektroband und ein Stromgerät. Sie hatten beim nächsten Bauern um Erlaubnis gebeten, die Pferde auf seiner Wiese grasen zu lassen. Schnell war der Elektro-Zaun aufgebaut. Es war jetzt sehr warm, und lästige Fliegen und

Bremsen peinigten die Pferde. „Ehe sie auf die Wiese kommen, solltet ihr sie gut mit Fliegenschutzmittel einreiben! Hier ist es!“ Cornelia schwenkte die große Dose.

„Können wir nicht erst schwimmen gehen?“, fragte Sabine, die auf einmal gar nicht mehr so hungrig war.

„Es dauert noch eine Weile, bis die Würstchen auf dem Grill fertig sind“, rief Vater Scherer.

„Na, was meint ihr?“, fragte Cornelia. „Für die Pferde wäre es eine schöne Erfrischung, und es täte auch ihren Beinen gut. Nach einem langen Ritt sollten wir sie sowieso abwaschen.“

„Toll!“, rief Franz begeistert. „Gehen wir schwimmen!“ Sie hielten sich gegenseitig abwechselnd die Pferde und zogen sich um.

Nur Katrin wollte nicht gleich ins Wasser. „Ich schaue erst mal zu“, sagte sie.

„Und Melissa?“, fragte Sabine. „Denk doch auch mal an dein Pferd! Klar, dass sie gerne ins Wasser will! Und zwar jetzt!“

„Ich wasche ihr die Beine mit einem Schwamm ab“, erklärte Katrin schnell. „Vielleicht komme ich ja auch noch nach, aber jetzt hab ich keine Lust, nass zu werden!“

Sabine zuckte die Schultern. Sie wollte auf alle Fälle schwimmen, ob Katrin nun mitkam oder nicht. Schnell waren die Pferde abgesattelt.

„Zieht ihnen Halfter auf“, rief Cornelia. „An einem Strick können sie sich nicht verfangen, so wie in einem Zügel!“

Alle Pferde waren daran gewöhnt, kurze Strecken nur mit einem Halfter zu gehen.

Endlich versammelten sich alle am Ufer des Sees. „Bitte zuerst die Pferde gut abwaschen, damit ihr Rücken nicht allzu plötzlich kalt wird“, wies Cornelia sie an.

Sabine tauchte den Schwamm ins Wasser und fuhr Skjoni damit über die Sattellage und die Beine hinunter.

„Und jetzt nicht alle auf einmal!“ Cornelia winkte Franz und Sabine. „Ihr beiden könnt als Erste gehen! Reitet die Pferde langsam ins Wasser!“

Sabines Herz klopfte vor Aufregung. Auf diesen Moment hatte sie sich schon lange gefreut. Sie federte ein paarmal auf und ab und schwang sich dann leicht auf Skjonis blanken Rücken. Ein Schenkeldruck, und der Schecke ging gehorsam ins Wasser. Der See lag glatt vor ihnen, ein leichter Wind wehte, und die Sonne spiegelte sich im Wasser.

„Denkt dran: Haltet euch einfach an der Mähne fest, und wenn es tiefer wird, lasst euch mitziehen!“, hörte Sabine Cornelias Stimme hinter sich. „Nicht neben, sondern über eurem Pferd schwimmen!“

Einen Augenblick lang wurde Sabine unsicher. Wenn sie nun etwas falsch machte? Wenn Skjoni sie aus Versehen trat? Dann schwappte ihr das Wasser auf einmal bis über die Knie, und sie hatte keine Zeit zum Nachdenken mehr. Zügig ging der Wallach tiefer ins Wasser. Sabine war so aufgeregt, dass sie gar nicht spürte, ob das Wasser kalt oder warm war. Mit beiden Händen griff sie fest in Skjonis zweifarbige Mähne und zog die Füße an seiner Seite hoch. Da schlug auch schon das Wasser über seinem Rücken zusammen! Sabine streckte ihre Beine lang aus und ließ sich mitziehen. Sie schwammen! Wunderbar! Es war ja viel leichter, als sie es sich vorgestellt hatte! Skjoni prustete, auch ihm schien das Baden Spaß zu machen. Der See war ganz ruhig, der Wind hatte sich gelegt. Nur gut, dass es heute keine großen Wellen gab, dachte Sabine. Cornelia hatte ihnen erklärt, dass Pferde ihren Gleichgewichtssinn verlieren, sobald sie Wasser in die Ohren bekommen. Dann konnte es sein, dass sie sich nicht mehr orientieren konnten und ertranken. Schnell vergewisserte Sabine sich, dass Skjonis Ohren nicht im Wasser waren. Nein, er hielt den Kopf gut über Wasser. Ruhig schwamm der kräftige Isländer dahin. Nun waren sie schon ein ganzes Stück auf den See hinausgeschwommen. Langsam machte Skjoni einen Bogen und schwamm wieder auf das Ufer zu.

In einigem Abstand sah Sabine Lauser und Franz schwimmen, auch bei ihnen ging alles gut. Franz lachte, seine Augen blitzten. Er war nicht das erste Mal mit einem Pferd im Wasser. Sabine zog sich ein wenig weiter nach vorn, als sie sich dem Ufer näherten. Sie wollte nicht zu weit hinten auf Skjonis Rücken zu sitzen kommen, er mochte Druck auf der Nierenpartie nicht und konnte dann kräftig buckeln. Im Wasser landen wollte sie ja nicht. Da spürte sie, dass der Wallach mit den Füßen auf den Boden kam, und sobald Skjoni den Rücken aus dem Wasser hatte, setzte sie sich zurecht.

„Toll!“, rief Michaela begeistert, als Sabine ans Ufer ritt.

„Du musst es unbedingt auch probieren!“ Sabine lachte. Sie wollte noch etwas hinzufügen, aber da nahm Skjoni den Kopf tief und schüttelte sich wie ein nasser Hund. „Hilfe!“ Beinähe wäre Sabine seinen Hals hinunter nach vorn gerutscht, es gelang ihr gerade noch, sich rechtzeitig auf Skjonis Schultern abzustützen.

Franz lachte, aber da schüttelte sich auch Lauser kräftig. Irgendwie konnte sich Franz nicht mehr richtig festhalten und rutschte seitlich ab. Natürlich tat er so, als hätte er sowieso abspringen wollen!

„So, die beiden können auf die Koppel!“ Cornelia deutete zur Wiese hinüber. „Wer ist als nächstes dran?“

„Ich!“, riefen Michaela und Marei gleichzeitig. Sie hatten ihre Pferde abgewaschen und waren startbereit.

„Gut.“ Cornelia nickte. „Treib Sternchen nur ordentlich vorwärts“, riet sie Marei, „nicht dass sie sich im flachen Wasser hinlegt und ihr beide ein Schlammbad nehmt!“

Sabine sah, wie Marei sich vorbeugte und der Haflingerstute etwas ins Ohr flüsterte. Sicher hatte Marei keine Lust auf ein Schlammbad! Michaela ritt auf Glofaxi voraus, und Marei folgte. Zuerst ging Sternchen dem Schimmel brav nach, aber als das Wasser etwa knietief war, hielt sie auf einmal an. Die Stute senkte den Kopf und begann mit einem Vorderhuf ins Wasser zu schlagen, sodass es weithin spritzte.

„Treib sie vorwärts!“, rief Cornelia vom Ufer aus. „Wenn du sie weiter im Wasser scharren lässt, legt sie sich gleich hin!“

„Sternchen!“, kreischte Marei und nahm den Führstrick energisch so kurz, dass die Haflingerstute den Kopf aus dem Wasser nehmen musste. Marei drückte ihr die Unterschenkel fest in die Seiten, klatschte mit der flachen Hand auf die Kruppe – und Sternchen ging gehorsam weiter. „So ist’s brav“, lobte Marei sie erleichtert.

Glofaxi schwamm schon beinahe. Michaela machte ihre Sache gut, sie hielt sich über dem Rücken ihres Schimmels und wurde schon bald von ihm durchs Wasser gezogen. Sternchen war eine schnelle Schwimmerin, sie überholte Glofaxi und zog an ihm vorbei, mitten in den See hinein. Marei juchzte vor Vergnügen und winkte den anderen am Ufer begeistert zu.

„Willst du wirklich nicht ins Wasser?“, fragte Sabine Katrin. Wie konnte die Freundin nur daran keinen Spaß haben?

Katrin überlegte. Dann gab sie sich einen Ruck. „Also gut“, sagte sie. „Melissa zuliebe. Sie hat eine Abkühlung verdient. Ich schwimme wirklich nicht so gern!“

Sabine hielt Melissa, während Katrin sich umzog, und als Marei und Michaela zurückkamen, wollten Cornelia, Stefan und Katrin mit ihren Pferden ins Wasser.

Marei hatte gesehen, wie die anderen Pferde sich geschüttelt hatten, als sie ans Ufer gekommen waren. So sprang sie vorsichtshalber gleich ab, als Sternchen ans Ufer kam. Und nicht eine Sekunde zu früh! Kaum hatte die Stute Sand unter den Hufen, legte sie sich hin und wälzte sich ausgiebig. Marei war sehr erleichtert, dass Sternchen so lange gewartet hatte!

Nun begann es herrlich nach gebratenen Würstchen zu duften. „Kommt!“, rief Cornelia. „Wir schwimmen noch eine Runde, und dann gibt es endlich was zu essen!“

Sogar Katrin gefiel das Schwimmen mit Melissa. Richtig stolz und mit klitschnassen Haaren kam sie zu den anderen, die sich schon um die Picknickdecke versammelt hatten. Die Scherers hatten an alles gedacht: Es gab eisgekühlte Limonade, Würstchen, mehrere Käsesorten, Brote und kleine warme Pizzas. Alle ließen es sich schmecken.

Franz vertilgte neun Würstchen in beachtlicher Geschwindigkeit. „Bald kann ich nicht mehr!“, stöhnte er und hielt sich den Bauch.

„Wie schade!“ Lise Scherer holte ein Tablett mit einem riesigen Nusskuchen aus dem Wagen. „Da müssen wir den ganzen Kuchen ohne dich essen!“

„Kuchen!“ Franz’ Augen leuchteten auf. „Mein Kuchenbauch ist noch ganz leer!“, verkündete er mit breitem Grinsen.

Sabine lehnte sich zufrieden gegen einen Baumstamm. Es war ein schöner Tag! Die Sonne malte Kringel auf den Boden, die Blätter der alten Buche bewegten sich im Wind. Sabine sah zu den Pferden hinüber. Friedlich grasten sie zusammen. Einmal hob Gustav den Kopf und wieherte. Von weither kam leise eine Antwort. Sicher nutzten auch andere Reiter diesen Tag zu einem Ausritt. Und plötzlich musste Sabine wieder an den kleinen Max denken, sie wusste selbst nicht warum. Ganz fest nahm sie sich vor, sich nach ihm zu erkundigen. Sie musste wissen, wie es dem Pony ging; sie wollte mit Cornelia zu ihm fahren.

Nachdem sie die Essensreste eingepackt und alles aufgeräumt hatten, sagte Cornelia, dass sie noch eine Stunde Pause machen wollten. Die Pferde sollten Gelegenheit haben, in Ruhe zu verdauen.

„Sabine!" Jemand rüttelte sie kräftig, sodass sie mit einem Ruck hochfuhr. Sie hatte gar nicht gemerkt, dass sie eingeschlafen war! „Es ist Zeit zum Weiterreiten!", rief Michaela. „Die anderen haben ihre Pferde schon geputzt!"

„Ich hab irgendetwas Furchtbares geträumt", murmelte Sabine und stand hastig auf. Aber sie konnte sich nicht mehr an den Traum erinnern. Sie wusste nur noch, dass er etwas mit Max zu tun gehabt hatte. Und irgendetwas Schlimmes war passiert. Aber warum träumte sie so etwas?

Dann putzte sie Skjoni; alle tasteten die Beine und den Rückenbereich ihrer Pferde sorgfältig ab. Keines der Pferde wies Schwellungen auf, und so konnte es weitergehen. Die Pferde waren frisch und munter. Sie schienen zu spüren, dass es nach Hause ging und schritten tüchtig aus. Sogar Lauser, der oft ziemlich faul war, hielt mit den anderen Schritt, ohne dass Franz ihn treiben musste.

„Schade, dass wir nicht noch länger reiten", Sabine sah nachdenklich ihre Freundin an. „Es wäre schön, wenn wir mal ein paar Tage wegbleiben könnten, findest du nicht?"

Michaela war von der Idee begeistert. Einen richtigen Wanderritt unternehmen! Die Idee gefiel ihr besser als der Gedanke, an einem Turnier teilzunehmen. „Wir könnten draußen übernachten, neben unseren Pferden unter den Sternen schlafen", schwärmte sie. „Jeden Tag neue Wege auskundschaften würde Spaß machen! Es ist doch etwas ganz anderes, mal eine Woche im Sattel zu sein, als nur ab und zu eine Stunde auszureiten!"

„Klar! Man bekommt dann ein noch engeres Verhältnis zu den Pferden, lernt sich besser kennen. Für ein paar Tage könnten wir mit ihnen leben, Tag und Nacht mit ihnen verbringen!"

Die Mädchen malten sich ihren Wanderritt in allen Einzelheiten aus. Sie dachten daran, ein Packpferd und ein Zelt mitzunehmen. Sabine wusste, dass es Karten für Wanderreiter gibt, auf der Übernachtungsmöglichkeiten und Reitwege eingezeichnet sind. „Dieses Jahr wird es mit so einem Ritt nichts mehr", meinte sie schließlich und strich Skjoni über den Hals. „Die Pferde bekommen schon ihr Winterfell, und es wird bald zu kalt sein. Außerdem müssten wir dafür trainieren. Man kann nicht einfach so losreiten!"

„Aber vielleicht nächstes Jahr!", rief Michaela. „Wir müssen Cornelia davon erzählen, vielleicht findet sie unseren Vorschlag gut!"

Nach einer Stunde rasteten sie noch einmal kurz, und danach führten sie ihre Pferde ein Stück zu Fuß. Sabine spürte, wie müde sie war. Ihre Beine fühlten sich an, als seien sie aus Blei. So lange wie an diesem Tag war sie noch nie geritten. „Wenn wir jemals einen Wanderritt unternehmen, werden wir nicht nur unsere Pferde, sondern auch uns selbst ganz schön vorbereiten müssen", flüsterte sie Michaela zu. Der Plan sollte vorerst noch ihr Geheimnis bleiben, die anderen sollten nichts hören! „Sonst haben wir nach zwei Tagen so einen Muskelkater, dass wir nicht mehr weiterkönnen!"

„Stimmt!" Michaela verdrehte die Augen. „Mir tun jetzt schon alle Knochen weh!"

Cornelia ließ alle noch einmal ausruhen, dann ging es die letzte Strecke über das Moor nach Hause. Die Sonne stand schon tief, aber sie ritten langsam; die Pferde sollten nicht erhitzt auf dem Hof ankommen.

Janosch bellte und sprang wie wild in seinem Zwinger hin und her, als sie in den Hof einritten. Obwohl alle von dem langen Ritt ermüdet waren, versorgten sie ihre Pferde als Erstes. Sorgfältig wuschen sie ihnen die Beine und die Sattellage ab und führten sie dann trocken.

Erschöpft, aber zufrieden fuhr Sabine nach Hause. Es war ein wunderschöner Tag gewesen. Sie war mit Skjoni geschwommen, und Wolkenmähne hatte sich vorbildlich benommen. Nicht ein einziges Mal hatte sie gescheut! Sie war nicht durchgegangen, hatte sich ins Wasser getraut und war genauso gut geschwommen wie alle anderen Pferde. Sabine dachte zurück ... Wenn man die kleine Islandstute heute sah, würde niemand auf den Gedanken kommen, dass sie noch vor wenigen Monaten als „Problempferd" hatte verkauft werden sollen.

*R*ettung in letzter Minute

Es war ein regnerischer Sonntagnachmittag. Cornelia hatte nach den Pferden gesehen, alles war in Ordnung. Janosch schlief zusammengerollt unter dem Küchentisch, Grauchen hatte es sich auf dem Fensterbrett gemütlich gemacht. In letzter Zeit kam die Katze öfter ins Haus, sie hielt sich nicht mehr nur im Stall auf. Cornelia warf einen Blick auf ihre Uhr. Bald wollten Sabine und Stefan kommen, um gemeinsam mit ihr das Sattelzeug zu putzen und einzufetten. Auf dem Ponyhof gab es immer etwas zu tun. Das Telefon klingelte, als Cornelia gerade das Teewasser aufsetzen wollte.

„Frau Hülsberg?“ Cornelia erkannte die Stimme von Margarete Schulters. Sie war atemlos und schien aufgeregt zu sein.

„Ja“, antwortete Cornelia schnell. „Ist etwas passiert?“

„Und ob! Sie müssen uns helfen!“ Die Stimme der Frau war schrill, im Hintergrund hörte Cornelia ein Kind weinen. Ob das Annette war? „Es geht um Max.“ Frau Schulters stockte. Sie holte tief Luft. „Mein Mann hat ihn auf den Pferdemarkt bringen lassen!“

„Auf den Pferdemarkt?“, rief Cornelia entsetzt. „Das darf doch nicht wahr sein!“

„Ich habe es selbst gerade erst erfahren. Gestern wollte Annette dem Pony ein paar Möhren füttern“, stieß Frau Schulters hervor. „Sie hat ihre Hand nicht flach gemacht, und da hat Max einen ihrer Finger erwischt und ziemlich fest zugebissen. Mein Mann war außer sich! Er hält Max für bösartig! Dabei ist er so lieb!“ Sie verstummte, endlich fuhr sie fort: „Während wir heute Morgen beim Einkaufen waren, hat er Max ohne mein

Wissen abholen lassen. Bitte helfen Sie ihm! Wir müssen etwas tun, aber ich kenne mich da überhaupt nicht aus..."

Cornelias Gedanken jagten. Ihr war klar, dass sich für ein mageres, altes Pony auf dem Pferdemarkt nicht so bald ein Käufer finden würde. Und alle Pferde, die bis Sonntagabend nicht verkauft waren, kamen in die Schlachtviehtransporte. Max war in höchster Gefahr!

„Ich kaufe ihn zurück, wenn Sie ihn übernehmen und ihm das Gnadenbrot geben. Sie sind unsere einzige Hoffnung!", schloss Frau Schulters.

Cornelia überlegte nicht lange. Sie versicherte Frau Schulters, dass sie gleich losfahren würde. Zum Glück waren heute keine Reitstunden angesetzt.

Sie legte den Hörer auf, schloss das Fenster und eilte zur Haustür. Dort wäre sie beinahe mit Stefan und Sabine zusammengestoßen.

„Was ist denn in dich gefahren?" Stefan starrte Cornelia verblüfft an. „Wir wollten doch zusammen das Lederzeug putzen!"

„Daraus wird heute nichts!" Cornelia riss den Autoschlüssel vom Haken. „Ich muss zum Pferdemarkt! Und zwar so schnell wie möglich. Los, helft mir den Hänger anzukuppeln. Alles andere erkläre ich euch später!"

Kurz darauf saßen sie zu dritt in Cornelias altem Volvo. Hastig berichtete sie, was mit Max geschehen war.

Sabine war entsetzt. „Max auf dem Pferdemarkt! Das ist ja nicht zu fassen! Hoffentlich kommen wir noch rechtzeitig hin!“

Auch Stefan konnte es nicht glauben. Stumm saß er da. Cornelia warf einen nervösen Blick auf ihre Uhr. „Es könnte gerade noch klappen“, murmelte sie. „Der Markt macht um fünf Uhr zu, dann dauert es noch eine Weile, bis alle Schlachtpferde verladen worden sind.“

Schlachtpferde! Sabine zitterte. Jeder hatte Bilder von Schlachtviehtransporten in südliche Länder gesehen. Schreckliche Fotos von halb verdursteten und verletzten Tieren, die auf den Laderampen zusammengebrochen waren. Sie litten große Qualen, bis sie endlich in einem Schlachthof ankamen und von ihren Leiden erlöst wurden. Sie bekamen weder Futter noch Wasser, fuhren tagelang dicht zusammengedrängt und gequält von Schmerzen und Angst durch halb Europa. Warum mussten diese Tiere so leiden? Und wie konnte es Menschen geben, die so etwas zuließen, die ihre Tiere einem solchen Schicksal auslieferten? Sabine verstand gar nichts mehr. Sie wusste nur eins: Sie mussten es einfach noch rechtzeitig schaffen! Max durfte nicht als

Schlachtpferd abtransportiert werden! Der Gedanke daran trieb ihr Tränen des Zorns und des Mitleids in die Augen.

„Sabine!" Stefan legte ihr beruhigend die Hand auf den Arm. „Noch ist es nicht zu spät. Und wer weiß, vielleicht hat ihn ja irgendjemand gekauft, der ihn retten wollte und dem er gefiel. Das gibt es, auch auf dem Pferdemarkt!"

Cornelia fuhr schweigend. Sonntagnachmittag war keine gute Zeit, um nach München zu fahren. Alle, die übers Wochenende fort gewesen waren, strömten nun wieder zurück in die Stadt. Am Irschenberg ging es quälend langsam vorwärts. Eine lange Autoschlange bewegte sich im Schritttempo voran. Cornelia schimpfte leise.

„Stell mal den Verkehrsfunk an!", schlug Stefan vor.

Cornelia drehte das Radio an. Nach schriller Rockmusik kam endlich die Straßenübersicht: „Zähfließender Verkehr am Irschenberg in Richtung München", hieß es. „Vor Weyarn fünf Kilometer Stau nach einem Auffahrunfall!"

„Ach du lieber Himmel!" Cornelia steuerte auf die Ausfahrt zu. „Ausgerechnet heute! Wenn wir es einmal eilig haben, ist hier ein Stau!"

„Und jetzt?" Sabines Stimme war ganz dünn. Würden sie Max noch rechtzeitig finden?

„Jetzt fahren wir Landstraße!“, verkündete Cornelia entschlossen. „Wir werden es schon schaffen. Ich kenne mich hier gut aus.“

Mit dem Anhänger konnte Cornelia natürlich nicht überholen, aber sie kamen doch recht zügig voran. Der Pferdemarkt! Sabine konnte an nichts anderes mehr denken. Sie war noch nie dort gewesen, aber sie hatte viele Geschichten vom Pferdemarkt gehört. Traurige Geschichten von alten Pferden, die dort verkauft wurden, von Pferdehändlern, die kranke Pferde anboten und die nur aufs Geld aus waren. Sie hatte sich das nie ansehen wollen, denn sie fürchtete sich davor, dem Ganzen nur zuzusehen und nicht helfen zu können. Vor dieser Hilflosigkeit hatte sie sich gefürchtet, aber nun mussten sie etwas tun! Sie würden nicht alle Pferde vor dem Schlachthof retten können, aber Max mussten sie da rausholen!

Als die großen Hallen dann vor ihnen auftauchten, wurde Sabine richtig schlecht. „Wie spät ist es?“, fragte sie mit zitternder Stimme.

„Halb fünf!“ Cornelia fand einen Parkplatz und stellte den Wagen ab.

Noch eine halbe Stunde! Sabine sprang aus dem Auto und rannte wie blind los. „Sabine!“ Cornelia holte sie ein. „Wir müssen zusammenbleiben. Ich will dich hier nicht aus den Augen verlieren. Der Markt ist groß, und hier treiben sich auch zwielichtige Gestalten rum. Ein junges Mädchen wie du sollte hier nicht allein sein!"

„Ihr bleibt zusammen, aber ich schaue mich mal um!", rief Stefan. Obwohl es schon spät war, drängten die Leute doch noch durch den Eingang. Die Halle hatte keine Fenster; an den Enden waren große Tore, Neonleuchten erhellten die Gänge zwischen den langen Stangen, an denen die Pferde angebunden waren. Sabine hatte nur alte, müde und verbrauchte Pferde erwartet, aber jetzt war sie überrascht. Da standen gepflegte Reitpferde neben schweren Kaltblütern und hübschen Ponys. „So gute Pferde sind hier?", fragte sie Cornelia.

„Manche Händler bringen auch gute Pferde hierher!", erwiderte die junge Frau.

Sabine zeigte auf einen mageren Rappen, der auf drei Beinen stand. Das vierte schonte er, es war dick geschwollen. „Der arme Kerl!", flüsterte Sabine. „Da müsste doch sofort ein Tierarzt her!"

„Ich weiß", Cornelia nickte bedrückt. „Es gibt hier viel Leid und viele misshandelte, vernachlässigte Tiere!"

„Können wir ihm denn nicht helfen?"

Cornelia schüttelte den Kopf. „Zuerst müssen wir Max finden", sagte sie.

Max! Sabine ließ ihre Augen über die Reihen der Pferde gleiten. Hinten in der Halle war Stroh ausgelegt. Da umstand eine Gruppe von Menschen einen Schimmel. Nun trabte ein Mann das Pferd an der Hand die lange Seite entlang. Mit hochgerecktem Kopf rannte das Pferd auf den Ausgang zu. Der Vorführer riss es so grob herum, dass es auf dem Stroh rutschte und fast den Boden unter den Füßen verlor.

Sabine schaute weg, ihre Augen brannten.

„Haben Sie hier einen kleinen Schecken gesehen?“, hörte sie Cornelias Stimme wie durch Watte.

Ein untersetzter Mann stand an der Wand. Er trug eine Schirmmütze und kaute auf einem kalten Zigarrenstummel. „Einen Schecken? Hier gab es heute mehrere Schecken“, antwortete er mürrisch.

„Ein Shetlandpony“, fügte Cornelia hinzu und beschrieb Max genauer.

„Kann ich nicht sagen.“ Der Mann nahm die erloschene Zigarre aus dem Mund. „Ich kümmere mich nur um meine Pferde!“ Er deutete auf eine Gruppe Haflinger.

„Und was machen Sie, wenn Sie die Pferde heute nicht verkaufen können?“, platzte Sabine heraus.

„Die Besseren nehme ich wieder mit nach Hause“, erklärte der Händler.

„Und die anderen?“

„Die gehen an den Metzger!“

„An den Metzger!“ Sabine sah die Haflinger erschrocken an.

„Ich kann sie nicht alle behalten, Mädchen. Ich bin Händler, kein Wohlfahrtsunternehmen. Wenn ein Pferd auf den Beinen kaputt ist, ist es eben nichts mehr wert. So ist das!“

Sabine schluckte. So einfach war das also. Nichts mehr wert! Von Gnadenbrot hatte der Mann wohl noch nie etwas gehört! Sie wollte ihm das sagen, aber da zog Cornelia sie schon mit sich fort.

Es gab mehrere Stände mit Sattelzeug, Trensen, Putzzeug. Sogar Pferdedecken konnte man hier kaufen, Vitamine, Medikamente, Salzlecksteine und anderes Zubehör. Cornelia fragte sich von Stand zu Stand durch; sie sprach einen Händler nach dem anderen an, aber ohne Erfolg. Niemand hatte Max gesehen, niemand konnte sich an ein schwarzweiß geschecktes Pony erinnern. Stefan stieß zu ihnen, aber auch er hatte den kleinen Schecken nicht finden können. „Vielleicht ist er schon verkauft worden!“, überlegte Cornelia.

„Könnte sein!“ Stefan sah noch einmal über die Ständer hinweg. Allmählich begannen die Händler zusammenzupacken; die letzten Verhandlungen wurden geführt, Ketten klirrten, Wiehern mischte sich mit dem Klappern von Hufen. Es roch nach Schweiß und nach Pferden, nach Urin, nach abgestandenem Bier und kaltem Zigarettenrauch. Was war mit Max geschehen? Wo war er? Die Ungewissheit wurde von Minute zu Minute quälender.

Da kam ein magerer Mann auf Cornelia zu. Er trug derbe Stiefel und einen Ledermantel. Seine krausen, schwarzen Haare waren wirr, die dunklen Augen starrten Cornelia abschätzend an. Er zögerte, dann stellte er sich vor. „Sie suchen ein Pony, habe ich gehört!“

Cornelia nickte und beschrieb Max. „Heute Morgen habe ich ihn bei Privatleuten abgeholt!“, sagte der Mann. „Sie wollen ihn wiederhaben?“

„Ja!“, rief Sabine. „Wo ist er?“ Sie schrie es fast.

„Ich habe ihn vorhin verkauft“, sagte der Händler.

„An wen?“, fragte Cornelia. „Ist er noch hier?“

Der Mann schüttelte den Kopf. „So ein altes, mageres Pony will keiner mehr haben! Ich habe ihn zum Metzger geben müssen.“

Ungläubig starrten die drei ihn an.

„Ich tue das nicht gerne, das können Sie mir glauben“, fuhr der Mann fort. „Deshalb bin ich zu Ihnen gekommen. Sie können ihn zurückkaufen, wenn Sie etwas draufzahlen. Ich bin mit dem Metzger gut bekannt!“ Er machte eine vage Geste. „Ohne Geschäft geht nichts...“

„Es ist noch nicht zu spät?“ Cornelias Stimme klang erleichtert.

„Nein, aber Sie müssen sich beeilen. Die Pferde werden schon verladen. Wenn sie erst mal im Waggon sind, kommen sie nicht wieder raus. Die Wagen werden verplombt!“

Er führte sie um die Halle herum. Dort war der Güterbahnhof, da standen dicht nebeneinander Pferde, die über eine schmale Holzplanke in die Waggons getrieben wurden. Fast alle sahen müde und elend aus, viele schienen aber auch noch jung und in ganz gutem Zustand zu sein. Sogar Fohlen waren unter ihnen. Manche standen teilnahmslos, mit gesenkten Köpfen da, andere trippelten schrill wiehernd herum, so als wüssten sie, was ihnen bevorstand. Sabine konnte kaum hinsehen. Ihr Herz klopfte. Max war doch nicht schon verladen worden?

Ihr Begleiter bahnte ihnen einen Weg an den Pferden vorbei, dann gingen sie an Helfern, Transporteuren und Pferdehändlern vorbei. „Da ist er!“ Der Mann zeigte zum Ende der Reihe.

Und nun sahen die drei ihn auch. Max stand neben einem kräftigen Haflinger und einem grauen Shetlandpony. „Max!“ Sabine rannte auf ihn zu. Sie sah, wie der Haflinger drohend die Ohren anlegte und wurde langsamer. Max hob den Kopf und sah sie an. Er war noch immer mager, auch wenn seine Mähne und der lange Schweif gebürstet waren. Ob er sie erkannte? Er wieherte nicht, aber als sie ihm die Arme um den Hals schlang, drückte er leicht den Kopf an ihre Schulter. Max war noch da! Sie hatten es geschafft! Sabine schluchzte auf.

„Vorsicht!“, rief da der Händler. „Der Haflinger beißt!“ Sabine duckte sich zur Seite weg, sie hörte die Zähne des großen Pferdes neben sich zuschnappen.

„Er ist gefährlich!“, erklärte der Händler. „Hat seinen Besitzer ins Krankenhaus befördert. Da musste er weg!“ Schnell band er Max los und führte ihn zur Seite. In diesem Moment drehte sich das graue Pony um und wieherte durchdringend. Max antwortete, er scharrte heftig mit dem Vorderhuf.

Sabine sah das graue Pony an. Es war ein Shetlandpony mit dichter Wuschelmähne und langem Schweif. Als es den Kopf zur Seite drehte, sah Sabine, dass ein Auge milchig weiß getrübt war. „Ist es blind?“, fragte sie den Händler.

„Auf einem Auge“, er nickte. „Sonst fehlt ihm nichts.“ Er ging auf das Pony zu, öffnete ihm mit einer geschickten Bewegung das Maul. „Sehen Sie“, sagte er zu Cornelia, „sie ist höchstens zehn Jahre alt. Für ein Pony ist das gar nichts!“

„Und warum soll es geschlachtet werden?“, fragte Stefan mit rauer Stimme.

„Weiß ich nicht“, brummte der Mann. „Von den meisten Pferden weiß ich nichts. Dieses hier kommt irgendwo aus Niederbayern, glaube ich. Niemand wollte es kaufen, wegen des Auges." Er hob die Schultern. „Ich kann es auch nicht behalten, bei mir im Stall ist kein Platz mehr frei." Er sah das Pony an und fuhr sich durch die Haare. „Hören Sie", wandte er sich an Cornelia, „es ist eigentlich schade drum. Wollen Sie es nicht kaufen? Ich mache Ihnen einen guten Preis!"

Sabine und Stefan blickten sich an. Noch ein Pony! Die kleine Stute tat Sabine leid. Am liebsten hätte sie hier alle Pferde mit nach Hause genommen, aber das war unmöglich, sie wusste es. „Cornelia!", rief sie. „Du hast mal gesagt, du brauchtest ein Pony für die kleineren Kinder! Für die neue Gruppe!"

„Das stimmt", Cornelia nickte. „Aber ob dieses hier geritten ist? Und warum ist es auf dem Auge blind? Ist es etwa mondblind?"

„Nein, nein", versicherte der Händler. „Es war ein Unfall. Man kann die Narbe noch erkennen. Hier, das andere Auge ist völlig in Ordnung!" Ob sich das Pony reiten ließ, wusste er allerdings nicht.

Cornelia strich dem grauen Pony über den Rücken und die Beine. Es schnaubte freundlich und stampfte mit den kleinen Hufen. Sabine spürte, dass Cornelia sich überlegte, ob sie noch ein Tier halten konnte oder nicht. Wenn das graue

Pony mitkam, würde es auch auf dem Ponyhof bleiben, dann übernahm Cornelia die Verantwortung für das Tier bis an sein Lebensende, das wusste Sabine. Und das konnte noch zwanzig Jahre sein! Sabine hatte schon von Shetlandponys gehört, die über dreißig Jahre alt geworden waren. Cornelia sah zu den Waggons hinüber. Gerade wurde ein braunes Pony über die Rampe geführt, drinnen polterten Hufe, schrilles Wiehern gellte über den Platz.

Cornelia band das Pony los. „Du wirst mitkommen", sagte sie und strich ihm über den Hals.

Sabine und Stefan waren unheimlich froh. Während Cornelia die Formalitäten erledigte, brachten sie die Ponys zum Hänger. Das graue Pony ging ohne Zögern über die Laderampe. Max sah, wie die Kleine im Hänger verschwand. Er warf den Kopf hoch und wieherte. Einerseits wollte er gern mit, andererseits fürchtete er sich vor dem Hänger. Wohin würde er diesmal gebracht werden? Endlich ließ er sich von Stefan und Sabine auf die Rampe führen und marschierte in den Transporter. Stefan band ihn gut fest, warf den Ponys Heu vor und klappte die Rampe hoch. „Das hätten wir geschafft!" Sabine lächelte Stefan erleichtert zu.

„Ich hatte schon damit gerechnet, dass es Schwierigkeiten beim Verladen gäbe", meinte

Stefan, „aber die beiden wollen von hier fort, glaube ich!“

Sabine bedauerte alle Pferde, die zurückblieben, zutiefst. Noch immer wurde eines nach dem anderen in die Waggons geladen. Aber wenigstens ihren beiden Ponys war dieses Schicksal erspart worden. Sie würden es von jetzt an gut haben. Niemals mehr würden sie schlecht behandelt werden oder hungern müssen.

Die Heimfahrt verlief ohne Zwischenfälle. Es wurde langsam dunkel, kurz vor Rosenheim begann es zu regnen. Die Tropfen trommelten gegen die Scheiben, und allmählich fielen auch die Angst und Anspannung von Sabine ab.

„Ich konnte die Kleine einfach nicht dort lassen“, sagte Cornelia plötzlich. „Auch wenn sie nicht reitbar ist, behalten wir sie. Dann soll sie eben auf dem Hof noch ein paar gute Jahre haben!“

„Und ihr Auge?“, fragte Stefan.

„Ich glaube, dass sie damit ganz gut zurechtkommen kann. Meine Freundin Lore hat einen Araberwallach, der auch ein Auge verloren hatte. Sie hat ihn aber weiterhin geritten, auch im Gelände. Man hat ihm das nie angemerkt, er war genauso trittsicher wie die anderen Pferde. Und ein Springpferd ist das graue Pony ja nicht!“

Auf dem Hof brachten sie die beiden Ponys in den Stall. Bevor sie mit den anderen Pferden zusammengebracht wurden, mussten sie untersucht werden. Cornelia wollte sicher sein, dass sie keine ansteckenden Krankheiten hatten. „Auf dem Pferdemarkt gibt es so viele kranke Tiere, da muss man sehr vorsichtig sein“, erklärte sie.

Sabine gab ihnen reichlich Heu und füllte die Wassereimer auf. Sie wollte gerade das Licht ausschalten, als sie ein Geräusch hörte. Mit freudigem Miauen sprang Grauchen zu ihrem Freund Max in die Futterkrippe. Sie rieb ihren Kopf an den weichen Nüstern des alten Ponys und legte sich dann in ihr Nest aus Heu. Mit unergründlichem Katzenblick sah sie Max an. Endlich war ihr Freund zurückgekommen.

*F*ee kann tanzen

„Max ist wieder da!“ Wie ein Lauffeuer verbreitete sich diese Neuigkeit unter den Reitschülern des Ponyhofs Kleines Hufeisen. Sabine konnte kaum die letzte Schulstunde erwarten. Gemeinsam mit Katrin wollte sie sofort zum Ponyhof fahren. Endlich war es so weit! Und Katrin, von der Sabine immer gedacht hatte, dass sie Ponys nicht so besonders mochte, hatte eine große Tüte Äpfel dabei. „Für die beiden!“, sagte sie. „Das brauchen sie jetzt!“

Die beiden Ponys streckten ihnen die Köpfe entgegen, Max wieherte freudig. „Ich glaube, dass er weiß, wo er ist“, sagte Sabine. „Er erkennt alles wieder!“

Katrin verteilte die Äpfel gerecht. „Er ist nicht gut versorgt worden“, stellte sie mit einem Blick auf die mageren Flanken des kleinen Schecken fest.

„Stimmt, er ist immer noch zu dünn, dabei frisst er gut. Aber nachher kommt ja der Tierarzt, vielleicht kann er uns etwas sagen.“

Sie beschlossen, die Ponys zu putzen und führten sie nach draußen zur Anbindestange. „Ob sie auf dem Auge gar nichts mehr sieht?“, überlegte Katrin.

„Sicher nicht!“ Sabine schüttelte den Kopf. „Woher die Verletzung stammt, werden wir wohl nie erfahren.“

„Wenn Pferde nur reden könnten.“ Katrin nahm einen Gummistriegel. Sabine putzte Max, und Katrin übernahm das graue Pony. Nachdem sie eine Weile ruhig gearbeitet hatten, fragte Katrin: „Sag mal, wie heißt sie eigentlich? Wisst ihr das?“

Sabine hob die Schultern. „Der Händler wusste es nicht. Cornelia wird ihr einen Namen geben!“

„Oder wir!“ Katrin sah die kleine Stute an. „Etwas, das zu Max passt, die beiden sind schon Freunde!“

„Wenn es ein Wallach wäre, könnten wir ihn Moritz nennen“, überlegte Sabine. „Passt zu Max!“

„So ein Blödsinn! Sie ist doch eine Stute!“ Katrin sah die Freundin vorwurfsvoll an. „Moritz passt nun wirklich nicht zu ihr!“

„War ja nur ein Witz.“ Sabine war gekränkt über den heftigen Widerspruch ihrer Freundin. Schweigend bürstete sie Max weiter.

„Was macht ihr für saure Gesichter“, meinte Cornelia, als sie aus dem Haus kam. „Habt ihr euch gestritten?“

„Nein, nicht richtig“, sagte Sabine ausweichend.

Katrin fragte Cornelia, ob sie sich schon einen Namen für die graue Stute überlegt hatte.

„Das wollte ich euch eben sagen“, antwortete Cornelia. „Stefan hatte die Idee, die Kleine Fee zu nennen. Wie findet ihr das?“

„Fee.“ Sabine sprach den Namen nachdenklich aus. „Ich finde ihn schön!“

Auch Katrin gefiel der Name, und so wurde das neue Pony Fee genannt.

Als sie mit dem Putzen fast fertig waren, kam Dr. Schröder, der Tierarzt. „Wieder ein neues Pony!“, rief er. Dann untersuchte er Fee gründlich.

Cornelia erzählte ihm, wie sie die Stute auf dem Pferdemarkt gefunden und vor dem Schlachthof bewahrt hatten.

Der Arzt war nachdenklich geworden. „Wenn ein Pferd aus irgendwelchen Gründen getötet werden muss, kann man es auch in seiner gewohnten Umgebung einschläfern lassen. Auch der Metzger kann ein Pferd schnell und schmerzlos auf der Weide oder im Stall töten. Es gibt keinen Grund, Pferden diese Qualen zuzumuten! Kein verantwortlicher Pferdehalter sollte das tun! Höchste Zeit, dass diese Lebendtransporte endlich aufhören. Da sind unsere Politiker gefordert!"

Cornelia nickte. „Wir schulden unseren Tieren ein artgerechtes Leben und einen schmerzlosen Tod. Es ist auch unsere Schuld, dass Tiere so behandelt werden!"

„Wieso unsere? Ich bin gegen diese Transporte!", rief Katrin empört. „Neulich habe ich erst eine Unterschriftenliste unterzeichnet!"

„Aber du isst Fleisch, stimmt's? Salami aus Italien, zum Beispiel! Die schmeckt zwar gut, das gebe ich zu, aber was meinst du, was drin ist?" Cornelia deutete auf die Ponys. „Die beiden wären sicher auch zu Wurst verarbeitet worden!"

Katrin sah betroffen aus. Auch Sabine wusste nicht, was sie sagen sollte. Cornelia hatte ja Recht.

„Da müssten Sie konsequenterweise Vegetarierin werden!", sagte Dr. Schröder. „Und das kann man nicht von jedem verlangen!"

„Zumindest kaufe ich nur Fleisch von Tieren, die natürlich gehalten und gefüttert werden. Und die möglichst angstfrei und ohne Schmerzen geschlachtet werden. Das könnte doch jeder tun!“, sagte Cornelia ernst.

Dr. Schröder hörte jetzt Fees Herztöne ab, er untersuchte beide Augen eingehend. „Abgesehen von ihrem blinden Auge ist die Kleine kerngesund“, stellte er endlich fest. „Es ist zwar eine Behinderung, aber sie wird gut damit leben können!“ Er strich ihr über das Fell. Das Haar war so dünn, dass der Arzt annahm, daß Fee nur an Stallhaltung gewöhnt war. Es würde längere Zeit dauern, sie an ein Leben im Offenstall zu gewöhnen.

Max aber machte Dr. Schröder Sorgen. „Ich weiß nicht, warum er so mager ist! Sie haben doch eine Wurmkur mit ihm gemacht?“, wandte er sich an Cornelia.

„Seine vorigen Besitzer versichern, dass er so viel fressen konnte, wie er nur wollte“, sagte Cornelia. „Bei uns hatte er keine Würmer!“

Dr. Schröder würde etwas Mist auf Parasiten untersuchen lassen, das versprach er, ehe er sich verabschiedete.

Stefan und die Mädchen brachten die beiden Ponys auf die Koppel, die an die Weide der anderen Pferde angrenzte. Fee und Max begannen sofort zu grasen, sie schienen die anderen Pferde kaum zu bemerken. Sabine und Katrin lehnten sich über den Zaun. Woher Fee wohl stammte? Was hatte sie erlebt? Sie hatte keine Angst vor Menschen, schien nicht misshandelt worden zu sein.

„Ob sie wohl vor der Kutsche geht?“, überlegte Katrin. „Stell dir vor, wir könnten eines Tages zweispännig fahren!“

„Ob Max je wieder ganz gesund wird?“ Sabine sah den Schecken bekümmert an. Er wirkte so müde und apathisch.

„Ich glaube schon! Cornelia wird ihn bestimmt wieder hochpäppeln!“ Katrin war ganz zuversichtlich. Alle vertrauten der Besitzerin des Ponyhofs bedingungslos.

Sabine sprang auf. „Sie hat den beiden ja heute Morgen Mash gekocht! Sicher ist es jetzt fertig!“

Die Mädchen holten die Eimer. Max machte sich sofort mit Heißhunger über seine Portion her. Fee aber schnaubte neugierig, rührte das Futter jedoch nicht an.

„Ob sie es nicht kennt?“ Sabine schüttelte den Kopf. Alle Pferde auf dem Ponyhof liebten Mash, aber Fee wollte den warmen Brei noch nicht einmal probieren. Noch einmal hielt sie ihr den Eimer hin. „Friss nur!“, ermunterte sie die kleine Stute. „Es schmeckt gut, wirklich!“

Aber Fee fraß nicht.

„Mag sie Möhren?“, fragte Katrin. „Ich hole welche!“ Sie lief in die Futterkammer. Gleich erschien sie mit einem Bund Möhren wieder. Sie hielt Fee die Rübe vors Maul. „Na also!“, rief Katrin zufrieden, als Fee zögernd die Möhre nahm und sie fraß.

Sabine tauchte eine kleine Karotte in das Mash und bot sie Fee an. Nach kurzem Schnuppern nahm die graue Stute die Karotte mit den Lippen und zerbiss sie langsam. Katrin brach nun eine Möhre in Stücke und gab sie in das Mash. Und wirklich: Fee begann nach den Stücken zu suchen und fraß ihr Mash restlos auf.

Sie gaben beiden Ponys auch noch den Rest. „So, nun gibt es nichts mehr!“ Katrin nahm die Eimer und wollte sie fortbringen, als etwas Unerwartetes geschah. Fee ging zu Katrin, hob den Kopf in die Höhe, rollte die Oberlippe nach oben, sodass es aussah, als ob sie lachte. Damit aber nicht genug! Plötzlich knickte sie ein Vorderbein ein und verbeugte sich tief.

„Sabine!“, rief Katrin aufgeregt. „Schau dir das an! Fee macht Kunststücke!“

Die Mädchen starrten das Pony verdutzt an. Und nun stand Fee wieder auf und wartete ganz offensichtlich mit vorgerecktem Kopf auf eine Belohnung.

„Sie könnte beim Zirkus gewesen sein!“, rief Sabine atemlos. War Fee vielleicht in einer Arena mit Artisten auf dem Rücken aufgetreten? Und war sie nach ihrem Unfall als halbblindes Pferd dafür nicht mehr geeignet gewesen? „Wir müssen es sofort Cornelia erzählen!“

„Aber zuerst kriegt Fee von mir noch ein Stück Karotte!“ Schnell rannte Katrin zur Futterkammer, während Sabine Cornelia suchte.

Sie fand die junge Frau am Schreibtisch, wo sie Rechnungen durchsah. Überstürzt erzählte Sabine, was sie gerade mit dem grauen Pony erlebt hatten. Das wollte Cornelia dann doch selbst sehen. Bald stand sie mit den Mädchen in der Koppel, auch Stefan kam zu ihnen.

Katrin hielt eine Möhre vor Fee in die Höhe. „Also, Fee, zeig uns noch mal, was du kannst!“

Fee sah die Möhre, stellte sich vor Katrin auf, und es wiederholte sich das gleiche Schauspiel. Die graue Stute flehmte, machte eine tiefe Verbeugung und holte sich den Leckerbissen. Alle klatschten in die Hände, und Fee machte Nickbewegungen mit dem Kopf in alle Richtungen. „Manchmal gibt es auch Privatleute, die ihren Pferden Kunststücke beibringen“, sagte Cornelia nachdenklich. „Ich kann sie mir aber gut als Zirkuspony vorstellen, mit einem bunten Federbusch auf dem Kopf und glitzerndem Zaumzeug!“

„Wie ist sie nur auf den Pferdemarkt geraten?“, überlegte Katrin.

„Das werden wir wohl nie erfahren.“ Cornelia kraulte Fee hinter den Ohren. „Manchmal kommt ein kleiner Wanderzirkus in Not. Wenn dort jemand krank wird oder stirbt, müssen die Tiere verkauft werden, und niemand hat Interesse oder Zeit, einen guten neuen Platz für sie zu finden. Vielleicht ist sie auch wegen ihrer Blindheit verkauft worden und stammt gar nicht aus einem Zirkus! Wer weiß es?“

„Bei uns wird sie jedenfalls keine Kunststücke machen müssen!“, sagte Stefan entschieden. Er mochte Zirkus nicht; er fand, dass kein Tier der Welt Kunststücke machen sollte.

„Ratet mal, wer uns morgen besuchen wird!“, fragte Cornelia.

Stefan, Michaela und Sabine waren damit beschäftigt, die Sattelkammer aufzuräumen. Sie ordneten Halfter und Trensen, sortierten das Putzzeug und wollten jetzt auch noch die Fenster putzen und alle Spinnennetze entfernen.

„Jemand, den wir kennen?“, fragte Michaela.

„Jemand, den manche von euch schon einmal gesehen haben!“ Cornelia sah ganz geheimnisvoll aus.

„Nun mach es doch nicht so spannend!“, rief Michaela ungeduldig. „Sag schon: Wer ist es?“

Cornelia erzählte, dass der alte Herr Huber inzwischen in einem Seniorenheim bei Rosenheim lebte. Der Leiter des kleinen Heims hatte angerufen und gefragt, ob er mit einigen alten Leuten dem Ponyhof einen Besuch machen dürfe. Konrad Huber wollte seinen Max wieder sehen. Und nach der grauen Katze hatte er auch gefragt.

„Ein ganzes Seniorenheim bei uns auf dem Hof?“ Stefan starrte Cornelia misstrauisch an. „Ist das nicht zu viel?“

„Er kommt mit zehn Leuten“, beruhigte Cornelia ihn. „Ich stelle es mir nett vor. Meint ihr nicht?“

„Dann aber an die Arbeit!“ Michaela schwang den Putzlappen. „Bis morgen muss der Hof in Ordnung sein.“

Die drei gaben sich große Mühe, alles für den Besuch der alten Leute herzurichten. Alle Halfter hingen ordentlich an ihren Haken, die Sättel wurden geputzt, die Ställe besonders sauber gemistet, und Sabine fegte den Hof gründlich. Konrad Huber sollte sehen, dass sein alter Max in guten Händen war.

Cornelia backte ein riesiges Blech Apfelkuchen und stellte mehrere Flaschen mit Birnenmost bereit, den eine Frau aus dem Dorf gemacht hatte.

Am nächsten Tag hatten die Mädchen keine Schule, da Samstag war. Pünktlich um drei hielt ein Kleinbus im Hof. Cornelia begrüßte die alten Leute, zwei Pfleger halfen ihnen beim Aussteigen. Zwei alte Damen wurden im Rollstuhl gefahren, die meisten waren aber sehr munter und interessiert.

Sabine erkannte Konrad Huber nicht sofort wieder. Der alte Mann hatte zugenommen, er sah ganz gesund aus. Er ging zwar am Stock, wollte sich aber gar nicht erst hinsetzen. „Kaffee“, winkte er ab, „den kann ich auch im Heim trinken. Meinen Max will ich sehen!“

Cornelia ging mit den Besuchern über den Hof zur Koppel. Weit hinten grasten die beiden Ponys, dicht nebeneinander standen sie.

Herr Huber hielt sich am Zaun fest. „Wo ist er denn?“, rief er ungeduldig. „Wo ist der Max?“

Vielleicht sieht er nicht mehr so gut, dachte Sabine. „Rufen Sie ihn doch!“, schlug sie vor.

„Max, da geh her!“, rief der alte Mann, so laut er konnte.

Der Kopf des Schecken flog in die Höhe, und als Konrad Huber ihn noch einmal rief, kam Max langsam zum Zaun.

Cornelia öffnete das Tor, damit Konrad Huber sein Pony begrüßen konnte. Max rieb seinen Kopf am Arm seines früheren Besitzers, er erkannte ihn offensichtlich wieder. Die Hände des alten Mannes fuhren über den mageren Pferdekörper. „Gut im Futter ist er nicht“, stellte er unzufrieden fest. „Gebt ihr ihm denn genug zu fressen?“, fuhr er unwirsch fort. Er hatte wohl vergessen, in welch schlimmem Zustand Cornelia den Schecken übernommen hatte. Vielleicht hatte er auch gar nicht mehr wahrgenommen, wie schlecht es damals um Max gestanden hatte.

Cornelia erinnerte ihn nicht daran. „Er bekommt genug zu fressen“, versicherte sie. „Heute morgen kam die Analyse vom Tierarzt: Max hat Spulwürmer! Wir haben ihn zwar schon einmal entwurmt, aber er muss sich noch einmal infiziert haben.“

„Würmer“, murmelte der Alte kopfschüttelnd. „Kein Wunder, dass er so mager ist. Rüben muss er kriegen, Rüben und Knoblauch.“

„Knoblauch?“ Sabine hatte noch nie gehört, dass man Pferden Knoblauch geben sollte.

Doch Cornelia nickte. Sie wusste, dass es ein altes Hausmittel gegen Würmer war, das früher oft gegeben wurde.

Fee kam auch zum Zaun und verbeugte sich zum großen Vergnügen der alten Leute gleich mehrere Male.

Der alte Mann wollte bei Max bleiben, während Cornelia mit den anderen einen Rundgang über den Hof machte. Sie zeigte ihnen die kleine Reithalle, die Bahn, die Ställe und natürlich die

Pferde. Die alten Leute erkundigten sich nach der Offenstallhaltung, und Cornelia erklärte ihnen die Vorteile der natürlichen Pferdehaltung. Schließlich gingen alle gemeinsam in die Küche, auch Konrad Huber wollte jetzt einen Kaffee trinken. Er hatte ein altes Fotoalbum mitgebracht und war jetzt ein wenig freundlicher. Bald schauten alle vergilbte Fotografien aus vergangenen Zeiten an. Da war Max als ganz junges Pony, wie er auf der Weide stand, neben einem schweren Kaltblüter. Und es gab Bilder von Max vor der Kutsche, einem kleinen Einspänner, auf dem Konrad Huber mit seiner Frau saß, die Leinen stolz in der Hand. Auf einem Foto sah man, wie hübsch die alte Mühle damals war.

Als die alten Leute wieder abfuhren, gab Konrad Huber Cornelia die Hand. „Ich möchte einmal wiederkommen!“, sagte er feierlich.

Cornelia lächelte ihm zu. „Sie sind uns immer willkommen. Auch Max wird sich freuen, wenn Sie ihn wieder besuchen.“

Als es dämmerig wurde, brachten Sabine und Stefan die Ponys in den Stall. Katrin war schon nach Hause gefahren, sie hatte ihrer Mutter versprochen, ihr beim Abendessen zu helfen. Sabines Eltern beschwerten sich auch immer öfter, dass ihre Tochter fast nur noch bei den Pferden war.

Während Sabine den Ponys neues Stroh aufschüttelte, fuhr Stefan mit dem Schubkarren Heu in den Offenstall und sorgte dort für frisches Wasser.

Sabine schaute zur Stalltür hinaus. Über dem Wald ging der erste Stern auf, blass stand er über den Wipfeln der dunklen Tannen. Der Wind war schon recht kalt, Sabine fröstelte.

Stefan kam von der Weide und machte die Stalltür zu. Nebeneinander standen sie bei den Pferden, die zufrieden fraßen. Endlich ging Stefan zu Gustav, der große Trakehner war sein erklärter Liebling.

Sabine blieb bei den Ponys stehen. Fee hatte eine Box neben Max bekommen, und das schien beiden sehr recht zu sein. Langsam wandte Max den Kopf, und da sah Sabine ein zusammengerolltes graues Fellbündel in seiner Futterkrippe. Die Graue! Nun waren sie wieder zusammen, und alle waren in Sicherheit. Sabine klopfte Max und Fee auf die Kruppe, dann verließ sie den Stall.

Auf dem Ponyhof Kleines Hufeisen war Ruhe eingekehrt. Aber morgen war ein neuer Tag, und Sabine freute sich auf viele neue Erlebnisse mit den Pferden und Ponys.

PONYHOF
KLEINES HUFEISEN

PONYGESCHICHTEN VON
ANDREA PABEL

Ponyhof Kleines Hufeisen (Band 1)
Wolkenmähne sucht Freunde

Ponyhof Kleines Hufeisen (Band 2)
Max braucht ein Zuhause

Ponyhof Kleines Hufeisen (Band 3)
Wo ist Florentine?

Ponyhof Kleines Hufeisen (Band 4)
Der Ritt zum Pferdefest

Ponyhof Kleines Hufeisen (Band 5)
Stella, unser Pferdekind

Ponyhof Kleines Hufeisen (Band 6)
Schnitzeljagd mit Hindernissen

Ponyhof Kleines Hufeisen (Band 7)
Babuschka bleibt bei uns

Ponyhof Kleines Hufeisen (Band 8)
Eine heiße Spur

Ponyhof Kleines Hufeisen (Band 9)
Wolkenmähne hat Geburtstag

Ponyhof Kleines Hufeisen (Band 10)
Der Spuk in der Mühle

Ponyhof Kleines Hufeisen (Band 11)
Molly soll leben

Ponyhof Kleines Hufeisen (Band 12)
Der neue Reitlehrer